Edgar Wallace
Die Abenteuerin

Alle Edgar Wallace Kriminalromane:

1 Die Abenteuerin.
2 A. S. der Unsichtbare.
3 Die Bande des Schreckens.
4 Der Banknotenfälscher.
5 Bei den drei Eichen.
6 Die blaue Hand.
7 Der Brigant.
8 Der Derbysieger.
9 Der Diamantenfluß.
10 Der Dieb in der Nacht.
11 Der Doppelgänger.
12 Die drei Gerechten.
13 Die drei von Cordova.
14 Der Engel des Schreckens.
15 Feuer im Schloß.
16 Der Frosch mit der Maske.
17 Gangster in London.
18 Das Gasthaus an der Themse.
19 Die gebogene Kerze.
20 Geheimagent Nr. Sechs.
21 Das Geheimnis der gelben Narzissen
22 Das Geheimnis der Stecknadel.
23 Das geheimnisvolle Haus.
24 Die gelbe Schlange.
25 Ein gerissener Kerl.
26 Das Gesetz der Vier.
27 Das Gesicht im Dunkel.
28 Der goldene Hades.
29 Die Gräfin von Ascot.
30 Großfuß.
31 Der grüne Bogenschütze.
32 Der grüne Brand.
33 Gucumatz.
34 Hands up!
35 Der Hexer.
36 Im Banne des Unheimlichen.
37 In den Tod geschickt.
38 Das indische Tuch.
39 John Flack.
40 Der Joker.
41 Das Juwel aus Paris.
42 Kerry kauft London.

43 Der leuchtende Schlüssel.
44 Lotterie des Todes.
45 Louba der Spieler.
46 Der Mann, der alles wußte.
47 Der Mann, der seinen Namen änderte.
48 Der Mann im Hintergrund.
49 Der Mann von Marokko.
50 Die Melodie des Todes.
51 Die Millionengeschichte.
52 Mr. Reeder weiß Bescheid.
53 Nach Norden, Strolch!
54 Neues vom Hexer.
55 Penelope von der »Polyantha«.
56 Der Preller.
57 Der Rächer.
58 Der Redner.
59 Richter Maxells Verbrechen.
60 Der rote Kreis
61 Der Safe mit dem Rätselschloß
62 Die Schuld des Anderen.
63 Der schwarze Abt.
64 Der sechste Sinn des Mr. Reeder.
65 Die seltsame Gräfin.
66 Der sentimentale Mr. Simpson.
67 Das silberne Dreieck.
68 Das Steckenpferd des alten Derrick.
69 Der Teufel von Tidol Basin.
70 Töchter der Nacht.
71 Die toten Augen von London.
72 Die Tür mit den 7 Schlössern.
73 Turfschwindel.
74 Überfallkommando.
75 Der Unheimliche.
76 Die unheimlichen Briefe.
77 Der unheimliche Mönch.
78 Das Verrätertor.
79 Der viereckige Smaragd.
80 Die vier Gerechten.
81 Zimmer 13.
82 Der Zinker.

Edgar Wallace
Die Abenteuerin

Four Square Jane

Kriminalerzählungen

Aus dem Englischen von
Ravi Ravendro

GOLDMANN

Umwelthinweis:
Alle bedruckten Materialien dieses Taschenbuches
sind chlorfrei und umweltschonend.

Jubiläumsausgabe
Februar 2000

Copyright © der deutschsprachigen Ausgabe 2000
by Wilhelm Goldmann Verlag, München,
in der Verlagsgruppe Bertelsmann GmbH
Umschlaggestaltung: Design Team München
Druck: Elsnerdruck, Berlin
Krimi: 05304
Herstellung: sc
Made in Germany
ISBN 3-442-05304-8

DIE ABENTEUERIN

1

Mr. Joe Grandman ging zu einem der langen Fenster des überreich ausgestatteten Wohnzimmers und starrte über den smaragdgrünen Rasen hinweg in den Park hinaus. In dem dunstigen Regenwetter waren die Teppichbeete von Geranien und Lobelien kaum noch zu sehen. Auch der hintere Teil des wohlgepflegten Rasens verschwand bereits mehr und mehr. Der Park war der Stolz Mr. Grandmans; er verwandte große Summen auf die gärtnerischen Anlagen und beschäftigte viele Leute.

»Ausgerechnet heute muß es so furchtbar gießen«, sagte er bitter.

Seine große, etwas korpulente Frau drehte sich langsam in dem bequemen Ledersessel zu ihm um.

»Aber Joe, es hat doch keinen Zweck, daß du deiner schlechten Laune nachgibst. Du hast die Leute doch nicht zu einer Gartenparty, sondern zu einem Ball, zu einem großen Dinner eingeladen. Wer bleiben will, kann ja morgen, wenn das Wetter besser ist, auf die Jagd gehen oder sich sonst in dem großen Park amüsieren.«

»Ach, sei doch ruhig, Ethel«, erwiderte Grandman gereizt. »Was sie hier erwarten, ist mir gleichgültig; vor allem kommt es darauf an, daß wir mit dem Erfolg der Einladung zufrieden sind. Du weißt genau, daß man nicht von selbst in die Höhe kommt. Denk doch nur daran, wie glanzvoll ich Karriere gemacht habe. Das kam doch alles nicht von ungefähr. Man muß sich anstrengen und wissen, wie man es anzufangen hat.«

Mr. Grandman erwähnte gern die Tatsache, daß er sich in unglaublich kurzer Zeit in die Höhe gearbeitet hatte und nun nicht nur eine führende Stellung in der Finanzwelt einnahm, sondern auch in den besten Gesellschaftskreisen verkehrte. Und um ihm gerecht zu werden: Die Unternehmen, die er gegründet hatte, verwaltete er nach den Grundsätzen von Ehrlichkeit und Ordnung.

»Hauptsächlich kommt es darauf an, daß man die richtigen Leute kennt«, fuhr er fort, »und sie zu nehmen versteht. Selbstverständlich ist es leichter, die zweite Million zu verdienen als die erste. Und verlaß dich darauf, Ethel, ich werde auch noch mehr schaffen. Ein paar tausend Pfund für gesellschaftliche Verpflichtungen dürfen da keine Rolle spielen.«

Mrs. Grandman hatte nicht den Überblick ihres Mannes; sie war etwas kleinlich und ängstlich, wenn er von größeren Summen sprach, ja sie fürchtete, daß die gesellschaftlichen Veranstaltungen der nächsten Tage einige Tausende kosten würden, aber sie sagte nichts.

»Ich wette, daß die Leute noch nie einen so glänzenden Ball erlebt haben wie den unseren heute abend«, erklärte Mr. Grandman selbstbewußt und befriedigt, als er vom Fenster zurücktrat und langsam auf seine Frau zuging. »Und die Gesellschaft, die wir geladen haben, ist erstklassig; fast alle Leute, die eine bedeutende Stellung in der City einnehmen, werden kommen, und die Juwelen, die die Damen hier tragen, stellen ein so großes Vermögen dar, daß ich sie nicht einmal mit all meinem Kredit kaufen könnte.«

Seine Frau legte die Zeitung mit einer ungeduldigen Bewegung auf den Tisch, der neben ihr stand.

»Es ist gut, daß du das erwähnst. Hoffentlich weißt du, was du tust, und bist dir darüber klar, daß du dadurch eine große Verantwortung auf dich lädst.«

»Was redest du immer von Verantwortung?«

»Wenn so viel Werte hier im Hause sind, ist es doch gefährlich. Hast du die Zeitungen denn nicht gelesen? Oder haben es dir deine Freunde nicht gesagt?«

Mr. Grandman lachte herzlich.

»Ach, ich weiß, was du für Kopfschmerzen hast«, entgegnete er, nachdem er sich wieder beruhigt hatte. »Du hast Angst vor der ›Quadrat-Jane‹!«

»Ja. Ist es nicht unglaublich, daß so ein Frauenzimmer nicht von der Polizei gefaßt wird? Aber ich würde ihr schon die Hölle heiß machen, wenn sie hier ins Haus käme!« sagte Mrs. Grandman aufgebracht.

»Sie ist aber keine gewöhnliche Einbrecherin.« Mr. Grandman schüttelte den Kopf. Ob er die ›Quadrat-Jane‹ bewunderte oder ob er seine Frau tadeln wollte, war schwer zu sagen. »Mein Freund Lord Belchester – er ist wirklich mein Freund – sagte mir, es sei ihm ein absolutes Rätsel, auf welche Weise seine Frau die kostbaren Smaragde verloren habe. Er war sehr entrüstet, denn die Steine haben ihn die Hälfte des Geldes gekostet, das er bei der letzten Hausse an der Börse verdient hat. Und ausgerechnet einen Monat nach dem Tag, an dem er diesen Schmuck erworben hat, werden seiner Frau die Steine gestohlen. Er hat den Eindruck, daß einer seiner Gäste den Diebstahl ausgeführt haben muß.«

»Warum nennt man diese Verbrecherin eigentlich ›Quadrat-Jane‹?« fragte Mrs. Grandman neugierig.

Er zuckte die Schultern. »Sie läßt immer ein Kennzeichen zurück: einen kleinen Zettel mit einem Stempel, der vier Quadrate und in der Mitte ein J zeigt. Die Kriminalbeamten haben sie ›Jane‹ getauft, und so ist der Name entstanden; die Zeitungsschreiber haben ihn aufgegriffen, und nun kennt alle Welt sie unter diesem Namen.«

Seine Frau nahm die Zeitung auf und legte sie nervös wieder hin, während sie ins Kaminfeuer starrte.

»Du hast all die Leute eingeladen, auch die Nacht in unserem Hause zu verbringen, und dann rühmst du dich obendrein noch der vielen Juwelen, die im Hause sind. Ich muß sagen, du hast Nerven!«

Mr. Grandman lachte. »Ich habe aber auch die nötigen Vorkehrungen getroffen. Das Detektivinstitut Ross ist eins der größten in London, und ich habe die Leute gebeten, mir ihre beste Angestellte zu schicken.«

»Aber um Himmels willen«, rief sie entsetzt, »du wirst doch nicht etwa eine Frau hier ins Haus holen?«

»Selbstverständlich. Ich habe es dir doch eben gesagt. Sie ist eine vollendete Dame. Der Inhaber der Firma versicherte mir, daß sie eine der tüchtigsten Detektivinnen Englands sei. Er selbst hat mir sogar ausdrücklich geraten, eine Dame zu nehmen und nicht einen Herrn; bei einer gesellschaftlichen Veranstaltung fällt eine Detektivin ja nicht so leicht auf wie ein Detektiv. Ich habe sie für sieben Uhr bestellt.«

Zweifellos war die gesellschaftliche Veranstaltung Mr. Grandmans eins der größten Ereignisse der Grafschaft. Die Gäste sollten in einem Sonderzug von London kommen. Mr. Grandman hatte eine ganze Kolonne von Autos gemietet, um die Gäste vom Bahnhof abzuholen, und es hatte eine Menge Geld gekostet, so viele elegante Wagen bereitzustellen.

Sein eigener Rolls-Royce wartete vor der Tür, um ihn zum Bahnhof zu bringen, wo er den Sonderzug empfangen wollte.

Grandman war gerade im Begriff, sich anzuziehen, als einer der Diener ihm eine Karte brachte.

›Miss Caroline Smith‹, las er. In der Ecke stand: ›Detektivinstitut Ross, London‹.

»Führen Sie die junge Dame in die Bibliothek.«

Als er kurz darauf hinging, stellte er fest, daß Miss Smith eine wirklich schöne, repräsentable Erscheinung war. Außerdem sah man ihren klugen Augen sofort an, daß sie auch die nötige Begabung für ihren Beruf hatte. Bei seinem Eintritt erhob sie sich und lächelte ihn an.

Mr. Grandman war angenehm überrascht.

»Also Sie sind die Meisterdetektivin«, scherzte er. »Sie sehen allerdings für Ihren Beruf noch ziemlich jung aus.«

»Ja, man sieht eben manchmal nicht nach dem aus, was man ist. Selbst drüben, über dem großen Teich, hat man mein jugendliches Aussehen zuerst ungünstig vermerkt, aber nachher habe ich die Leute davon überzeugen können, daß nur die Leistungen maßgebend sind.«

»Ach, Sie kommen aus den Vereinigten Staaten?« fragte Mr. Grandman interessiert.

Sie nickte. »Dies ist der erste Auftrag, den ich in England zu erledigen habe, und ich bin daher ein wenig nervös.«

Ihre Stimme klang angenehm und liebenswürdig. Mr. Grandman, der selbst mehrere Jahre in den USA zugebracht hatte, nahm an, daß Miss Smith aus einem der Südstaaten stammte.

»Nun, ich glaube, daß Sie Ihren Beruf genügend beherrschen, um die ›Quadrat-Jane‹ zu fassen oder ihre Bemühungen doch wenigstens zu vereiteln.«

Sie nickte. »Es wird aber eine ziemlich schwere Aufgabe sein. Jedenfalls ist es gut, daß wir vorher darüber sprechen. Wenn ich Ihnen helfen und Ihre Gäste schützen soll, bitte ich Sie vor allem um Ihre Genehmigung, überall im Hause frei umhergehen zu dürfen. Ich möchte ungestört tun können, was mir zweckmäßig erscheint. Wenn ich Erfolg haben soll, kommt es hauptsächlich darauf an, daß ich die nötige Bewegungs- und Handlungsfreiheit habe.«

»Selbstverständlich. Wollen Sie an dem Galadinner teilnehmen?«

»Nein, das würde mich zu sehr behindern. Ich muß doch vor allem aufpassen, und wenn ich bei Tisch säße, würde ein großer Teil meiner Aufmerksamkeit von der Unterhaltung mit meinem Tischherrn in Anspruch genommen werden. Sie werden also verstehen, daß ich mich frei im Haus bewegen muß. Sie können mich ja als Ihre junge Nichte vorstellen. Nennen Sie mich bitte Miranda. Ich komme direkt aus den Rocky Mountains. – Wie steht es eigentlich mit Ihrer Dienerschaft?«

»Auf die kann ich mich verlassen. Den Leuten könnte ich selbst mein Leben anvertrauen«, erwiderte Mr. Grandman etwas prahlerisch.

Sie sah ihn lächelnd an und zwinkerte mit den Augen.

»Können Sie mir nun vielleicht noch etwas über diese Verbrecherin sagen?«

»Ich weiß nur so viel von ihr, daß sie eine junge Dame ist, die sich glänzend in Gesellschaft bewegen kann. Hauptsächlich hat sie es auf Feste abgesehen, wie ich zum Beispiel heute abend eines gebe. Wir werden eine große Anzahl von Damen der Hocharistokratie hier haben. Das macht es ja gerade so schwierig, denn diese Jane versteht es ausgezeichnet, aufzutreten. Vielleicht kommt sie in dem Sonderzug mit meinen anderen Gästen an.«

»Kennen Sie Ihre Gäste eigentlich alle persönlich?« fragte Miss Smith und lächelte verschmitzt, als er den Kopf schüttelte.

»Nun, ich glaube, ich werde die ›Quadrat-Jane‹ schon herausfinden.« Sie hob abwehrend die Hand, als er erfreut aufblickte. »Damit ist noch nicht gesagt, daß sie tatsächlich heute abend hierherkommt.«

»Ich hoffe auch, daß sie fernbleibt«, entgegnete Joe Grandman mit Nachdruck.

»Wenn sie aber kommt, werde ich sie wohl bestimmt erkennen. Vielleicht könnten Sie mir noch einige Einzelheiten über sie erzählen?«

Er schüttelte den Kopf. »Höchstens noch, daß sie immer eine Art Visitenkarte zurückläßt, wenn ihr ein Diebstahl gelungen ist.«

»Das habe ich schon gehört. Wahrscheinlich tut sie das, damit die Dienerschaft nicht unnötig in Verdacht gerät.«

Miss Smith dachte einen Augenblick nach.

»Was ich auch unternehmen werde, Mr. Grandman, Sie dürfen sich nicht darum kümmern oder erstaunt sein. Ich habe mir fest vorgenommen, die ›Quadrat-Jane‹ zu fangen. Es hängt für mich sehr viel davon ab, denn wenn ich meine Tätigkeit in England mit einem so großen Erfolg beginnen kann, ist das für mich eine glänzende Reklame.«

Sie lächelte so bestrickend, daß Mrs. Grandman, die gerade in der Tür erschien, die Stirn runzelte.

»Joe, es ist Zeit, daß du zur Bahn fährst«, sagte sie ernst und warf der jungen Dame einen mißbilligenden Blick zu. »Was soll ich inzwischen mit diesem Mädchen anfangen?«

»Einer der Diener soll sie auf ihr Zimmer führen«, sagte Mr. Grandman, der sich nicht recht wohl fühlte. Er hatte ein schlechtes Gewissen, weil er so viel Zeit versäumt hatte, und eilte nun zu seinem Wagen.

Mrs. Grandman klingelte. Sie interessierte sich nicht für Detektive, besonders, wenn es sich bei ihnen um hübsche junge Damen im Alter von dreiundzwanzig Jahren handelte.

Das Hauptgebäude des Landsitzes war sehr groß, aber trotz der vielen Zimmer war kaum noch Platz; alle Räume waren bis zum letzten zur Unterbringung der vielen Gäste ausgenützt.

Die Zweifel und Bedenken, die Mrs. Grandman ihrem Mann

gegenüber geäußert hatte, waren in gewisser Weise nicht unberechtigt. Andererseits verstand er es wirklich, seine gesellschaftlichen Beziehungen aufs beste zu verwerten. Er war nicht nur der Generaldirektor von vier großen Unternehmen, sondern auch noch an vielen anderen Unternehmen beteiligt. Seine Interessen erstreckten sich von Colorado bis nach Kalkutta.

Eine glänzende Gesellschaft versammelte sich am Abend in dem prunkvollen Bankettsaal, und Mr. Grandman hatte allen Grund, stolz zu sein. Zu seiner Rechten saß Lady Ovingham, eine schlanke, hagere Dame mit mädchenhaft verträumten dunklen Augen und einem interessanten, etwas blassen Gesicht. Ihre Erscheinung paßte eigentlich wenig zu ihrem Charakter, denn sie war eine der tüchtigsten Geschäftsfrauen der City. Schon manche Transaktion hatte sie gemeinsam mit Mr. Grandman durchgeführt, und es hatte eine gewisse Berechtigung, daß er sie zu Tisch führte. Sie trug an diesem Abend außergewöhnlich reichen Schmuck. Ihre Arme waren mit breiten Brillantarmbändern geziert, die ein Vermögen gekostet hatten und von dem Erfolg ihrer finanziellen Unternehmungen zeugten. Sie legte prinzipiell einen großen Teil ihres Geldes in wertvollen Steinen an; sie hielt Investierungen in Juwelen für verhältnismäßig sicher, da diese ihren Wert nicht so plötzlich verlieren konnten.

Überall unterhielten sich die Gäste heiter und angeregt. Mr. Grandman war ein ausgezeichneter Gastgeber; er hatte seine Gäste bunt durcheinandergesetzt, und da auch die Cocktails gut gemixt waren, versprach der Abend ein großer Erfolg zu werden.

Gegen Ende des Essens gab es für Mr. Grandman jedoch eine unangenehme Störung.

Der Butler trat unauffällig hinter seinen Stuhl, neigte sich vor, um ihm ein Glas Wein einzuschenken, und flüsterte ihm dabei ins Ohr: »Die junge Dame, die heute abend hergekommen ist, fühlt sich nicht wohl. Sie ist plötzlich krank geworden.«

»Wieso?« fragte Mr. Grandman erstaunt. »Was ist denn geschehen?«

»Sie klagt über böse Kopfschmerzen, hat Schüttelfrost und

zittert am ganzen Körper. Sie war so schwach, daß ich sie auf ihr Zimmer bringen mußte.«

»Schicken Sie sofort ins Dorf und lassen Sie den Arzt holen.«

»Das habe ich schon getan. Der Arzt ist aber nach London gefahren, wo er bei einer Operation helfen muß.«

Mr. Grandman runzelte die Stirn, aber dann atmete er erleichtert auf. Hatte ihm die Detektivin nicht ausdrücklich gesagt, er solle sich über nichts beunruhigen, was geschehen werde? Sicher war diese plötzliche Erkrankung nur eine List, die helfen sollte, die ›Quadrat-Jane‹ zu fangen. Allerdings hätte sie ihm das vorher gleichfalls sagen können. Es war doch beunruhigend, wenn eine so schöne junge Dame ganz plötzlich krank wurde.

»Also gut, dann warten Sie, bis das Essen vorüber ist«, sagte er.

Als sich die Gäste erhoben hatten und den Mokka in der großen Halle einnahmen, ging er zu dem kleinen Zimmer im dritten Stock hinauf, das seine Frau der Detektivin zugestanden hatte. Mrs. Grandman hatte nicht gerade großen Respekt vor Damen, die sich ihr Geld in einem derartigen Beruf verdienen mußten.

Er klopfte an die Tür.

»Herein!« hörte er eine schwache Stimme sagen.

Miss Smith lag in dem Bett unter einer Daunendecke, zitterte aber trotzdem heftig.

»Seien Sie vorsichtig und rühren Sie mich nicht an«, sagte sie. »Ich weiß nicht, was mit mir los ist.«

»Um Himmels willen, Sie sind doch nicht etwa ernstlich krank?«

»Anscheinend doch. Ich weiß nicht, was mit mir geschehen ist, aber ich glaube, daß diese Erkrankung kein Zufall sein kann. Ich fühlte mich vollkommen wohl, bis ich eine Tasse Tee trank. Dann mußte ich mich auf mein Zimmer bringen lassen. Gleich darauf setzte das furchtbare Zittern und Frösteln ein. Können Sie nicht schnell einen Arzt rufen lassen?«

»Ich will alles tun, was in meinen Kräften steht«, erwiderte Mr. Grandman, der sehr gutmütig und menschenfreundlich war.

Nun ging er doch etwas besorgt nach unten. Wenn man der

hübschen jungen Dame, wie sie annahm, tatsächlich etwas eingegeben hatte, dann mußte die ›Quadrat-Jane‹ oder einer ihrer Helfershelfer im Hause sein.

Als er in die Halle zurückkam, wartete der Butler auf ihn.

»Entschuldigen Sie, Sir . . . Wir haben bis zu einem gewissen Grad Glück. Ein Autofahrer, dem der Betriebsstoff ausgegangen ist, kam soeben zum Haus und bat um ein paar Liter Benzin –«

»Ja, und worum handelt es sich?«

»Es trifft sich gut, daß er Arzt ist. Ich sagte ihm gleich, daß Sie ihn sprechen möchten.«

»Großartig«, erwiderte Grandman begeistert. »Bringen Sie ihn bitte gleich in die Bibliothek.«

Der große junge Mann machte einen sympathischen Eindruck. Er entschuldigte sich sofort bei Mr. Grandman, daß er ausgerechnet ein Fest habe stören müssen.

»Es ist unendlich liebenswürdig von Ihnen, daß Sie mir helfen wollen. Mein blödsinniger Chauffeur hat mir tatsächlich zwei leere Kanister ins Auto gestellt. Es ist unglaublich, was sich die Angestellten heutzutage leisten!«

»Ich freue mich sehr, daß ich Ihnen helfen kann, Doktor«, erklärte Mr. Grandman in bester Stimmung. »Aber vielleicht können Sie mir auch einen Dienst erweisen.«

Der junge Mann sah ihn argwöhnisch an.

»Ist etwa jemand hier im Hause krank?« fragte er. »Ich habe meinem Partner nämlich versprochen, in den nächsten drei Monaten keinen Patienten zu behandeln. Das klingt zwar etwas unliebenswürdig, aber Sie müssen verstehen, daß ich mich in letzter Zeit schwer überarbeitet habe und mich augenblicklich auf Erholungsurlaub befinde.«

»Sie würden uns aber einen sehr großen Gefallen tun, wenn Sie sich der jungen Dame annähmen«, entgegnete Grandman ernst. »Ich bin vollkommen ratlos, denn ich weiß nicht, wie ich ihren Zustand beurteilen soll. Zu allem Unglück ist der Dorfarzt gerade nicht anwesend.«

»Setheridge ist mein Name«, stellte sich der Arzt vor. »Nun

gut, dann ist es selbstverständlich. Ich werde die Patientin sofort untersuchen. Es war unhöflich von mir, nicht gleich auf Ihre Bitte einzugehen. Wo ist die Dame denn jetzt? Sicherlich handelt es sich um einen Ihrer Gäste.«

»Nein, das gerade nicht«, entgegnete Mr. Grandman zögernd. Sie ist hier . . . zu Besuch.«

Er führte ihn zu dem Zimmer der Kranken. Der Arzt trat ein und betrachtete die immer noch zitternde Patientin mit dem selbstbewußten Lächeln, das alte, erfahrene Ärzte in solchen Situationen zeigen.

»Nun, wie geht es Ihnen?« fragte er verbindlich.

Er fühlte ihren Puls und sah auf die Uhr. Mr. Grandman stand in der offenen Tür und bemerkte, daß Dr. Setheridge die Stirn runzelte und ein ernstes Gesicht machte. Dann beugte sich der Arzt über die Kranke, sah ihr in die Augen, streifte ihren Ärmel zurück und schüttelte den Kopf.

»Ist es ernst?« fragte sie ängstlich.

»Das gerade nicht, wenn Sie bald sachgemäße Pflege bekommen. Aber wahrscheinlich werden Sie einen Teil Ihres schönen Haares verlieren«, sagte er und schaute lächelnd auf das braune Haar, das ihren Kopf auf dem Kissen umrahmte.

»Welche Krankheit habe ich denn?«

»Scharlach, meine Dame.«

»Scharlach!« wiederholte Mr. Grandman entsetzt. »Aber das ist doch nicht möglich!«

Der Arzt ging aus dem Zimmer und nahm den Hausherrn beiseite, nachdem er die Tür geschlossen hatte.

»Daran ist leider nichts zu ändern – die junge Dame hat tatsächlich Scharlach. Haben Sie eine Ahnung, wo sie sich angesteckt haben könnte?«

»Das ist ja entsetzlich, daß wir Scharlach hier haben!« stöhnte Mr. Grandman. »Ich habe das ganze Haus voll vornehmer Gäste.«

»Nun, ich brauche Ihnen wohl nicht den Rat zu geben, Ihren Gästen nichts davon mitzuteilen. Das wichtigste ist, daß wir die junge Dame aus dem Haus schaffen.«

»Aber wie soll ich denn das machen?«

Der Doktor fuhr sich mit der Hand über die Stirn. »Natürlich möchte ich es nicht gern selbst tun«, sagte er langsam, »aber ich kann eine Schwerkranke nicht ohne weiteres hier liegenlassen; würden Sie gestatten, daß ich Ihr Telefon benütze?«

»Gewiß, telefonieren Sie, soviel Sie wollen, aber sorgen Sie um Himmels willen dafür, daß sie fortkommt!«

Mr. Grandman brachte den Arzt zur Bibliothek, wo der junge Mann telefonisch seine Instruktionen gab. Allem Anschein nach verlief die Unterhaltung zur Zufriedenheit, denn er kam bald in die Halle zurück, wo Mr. Grandman nervös auf ihn wartete und aufgeregt mit den Fingern auf der Tischplatte trommelte.

»Ich habe einen Krankenwagen bestellt, aber er kann erst um drei Uhr kommen. Auf jeden Fall paßt das vorzüglich, denn dann sind Ihre Gäste bereits im Bett und schlafen, und die meisten Angestellten vermutlich auch. Wir können sie dann aus dem Haus bringen, ohne daß jemand es merkt.«

»Ich bin Ihnen zu größtem Dank verpflichtet«, erwiderte Mr. Grandman erleichtert. »Wenn Sie mir Ihr Honorar nennen wollen, zahle ich es Ihnen sofort.«

Mr. Grandman kam ein Gedanke. »Wäre es möglich, daß die junge Dame irgendein Mittel beigebracht bekommen hat, das die Erkrankung verursachte?«

»Wie kommen Sie denn darauf?« fragte Setheridge schnell.

»Sie fühlte sich sehr wohl, bis sie eine Tasse Tee trank. – Ich will Sie lieber gleich ins Vertrauen ziehen«, sagte der Hausherr leise. »Die Dame ist Detektivin. Ich habe sie hierherkommen lassen, damit sie das Eigentum meiner Gäste schützt. In der letzten Zeit sind mehrere Diebstähle vorgekommen, die alle von einer Frau ausgeführt wurden. Sie haben wahrscheinlich auch schon von der berüchtigten ›Quadrat-Jane‹ gehört. Ich wollte verhindern, daß das Fest in meinem Hause gestört wird, und habe sie deshalb hergebeten. Sie sollte darauf achten, daß nichts von den Schmuckstücken meiner Gäste gestohlen wird. Als ich sie bei ihrer Ankunft vor dem Essen begrüßte, war sie gesund und wohlauf. Später trank sie dann eine Tasse Tee, und kurz darauf zeigten sich Schüttelfrostanfälle und Fieber.«

Der Doktor nickte nachdenklich. »Es ist merkwürdig, was Sie

15

mir da erzählen. Obgleich alle Symptome von Scharlach bei ihr vorhanden sind, habe ich auch noch andere Anzeichen beobachtet, die nicht zu dem Krankheitsbild passen. Meinen Sie, daß diese gefürchtete Diebin, die ›Quadrat-Jane‹, tatsächlich bereits hier in Ihrem Hause ist?«

»Ja, sie muß hier sein – oder wenigstens einer ihrer Helfershelfer. Es ist ja in den Zeitungen genügend darüber geschrieben worden. Stets arbeitet sie mit mehreren Leuten zusammen.«

»Glauben Sie, daß sie der jungen Dame oben im Zimmer ein Mittel beigebracht hat, um sie für eine gewisse Zeit unschädlich zu machen?«

»Der Gedanke liegt doch sehr nahe.«

»Da haben Sie recht. Der Plan wäre gut ausgedacht. Auf jeden Fall sind aber heute abend so viele Leute hier im Haus, die aufpassen, daß Sie nichts für Ihre Gäste zu befürchten brauchen.«

Miss Smith war in dem Flügel des Schlosses untergebracht, in dem die Dienerschaft wohnte, aber glücklicherweise lag ihr Zimmer abseits, so daß sie mit den anderen nicht in Berührung kam.

Mr. Grandman ging im Lauf des Abends noch mehrmals zu ihr hinauf, sah zur Tür hinein, die nur angelehnt war, stellte jedesmal fest, daß der Arzt an ihrem Bett saß, und war damit zufrieden.

Gegen ein Uhr begannen die Gäste allmählich, sich auf ihre Zimmer zurückzuziehen. Mrs. Grandman war reichlich aufgeregt, als sie die Nachricht von der Katastrophe erhielt, aber es gelang ihrem Mann, sie so weit zu beruhigen, daß sie sich zur Ruhe legte.

Um halb zwei ging er zum vierten Male zum Krankenzimmer. Da er sich vor Ansteckung fürchtete, begnügte er sich wieder damit, durch den Türspalt zu schauen. Der Arzt hielt noch immer neben dem Bett Wache und las in einem Buch.

Vorsichtig ging Grandman wieder die Treppe hinunter, und zwar so leise, daß er beinahe mit einer schlanken jungen Dame zusammengestoßen wäre. Sie begegnete ihm in dem dunklen Flur, an dem die Zimmer der vornehmsten Gäste lagen.

Sie drückte sich in eine Nische, und da sie ein ganz dunkles

Kleid trug, ging er an ihr vorüber – so nahe, daß sie ihn mit der Hand hätte berühren können. Sie wartete, bis er verschwunden war, glitt an der Wand entlang, bis sie zu einer der Türen kam, und fühlte vorsichtig nach dem Schlüsselloch.

Der Gast, der das Zimmer bewohnte, hatte den Fehler gemacht, die Tür zu verschließen und den Schlüssel abzuziehen. Im nächsten Augenblick steckte sie einen Nachschlüssel ins Schloß, drehte ihn vorsichtig herum und schlich auf Zehenspitzen in den Raum.

Sie blieb stehen und lauschte. Erst als sie leises, gleichmäßiges Atmen hörte, ging sie zu dem Toilettentisch und tastete dort alles ab. Sie hatte bald gefunden, was sie suchte, und schüttelte den glatten Lederkasten leicht. Kaum eine Minute nach ihrem Eintritt verließ sie das Zimmer wieder.

Die nächste Tür hatte sie schon halb geöffnet, als sie Licht in dem Zimmer bemerkte. Regungslos blieb sie stehen. Auf der anderen Seite des Zimmers brannte die kleine Nachttischlampe. Das war zwar in gewisser Weise sehr angenehm, aber das junge Mädchen wollte sich zunächst vergewissern, ob die Dame, die zwischen all den aufgehäuften Kissen lag, wirklich fest schlief. Sie wartete fünf Minuten lang. All ihre Sinne waren aufs äußerste angespannt; erst als sie auch hier regelmäßiges Atmen feststellen konnte, war sie beruhigt und ging zu dem Toilettentisch. Hier war ihre Aufgabe leicht; nicht weniger als ein Dutzend kleiner Samt- und Lederetuis lagen auf der Glasplatte. Geräuschlos öffnete sie eins nach dem andern und ließ den funkelnden Inhalt in ihre Tasche gleiten.

Als sie das letzte Schmuckstück eingesteckt hatte, kam ihr ein Gedanke. Sie sah sich die Schläferin genauer an; es war eine etwas hagere Frau: Lady Ovingham. Geräuschlos verließ sie das Zimmer.

In dem nächsten Raum, der nicht verschlossen war, schlief Mrs. Grandman. Aber ihr Schlaf war nicht ruhig. Sie hatte die Tür für ihren Mann aufgelassen, der ihr versprochen hatte, sie noch aufzusuchen, um die Anordnungen für den nächsten Tag mit ihr zu besprechen. Das hatte er aber anscheinend in seiner Aufregung vollkommen vergessen.

17

Ein kleiner Safe war in die Wand eingelassen; der Schlüssel steckte. Mr. Grandman hatte es sich zur Gewohnheit gemacht, seine und seiner Frau Wertsachen jeden Abend in den Safe einzuschließen.

Sie öffnete die Tür und tastete das Innere ab. Bald hatte sie auch gefunden, was sie suchte. Im selben Augenblick aber hörte Mrs. Grandman plötzlich auf, ruhig zu atmen. Sie stöhnte und drehte sich von einer Seite auf die andere. Die Einbrecherin stand wie versteinert, aber schließlich begann das ruhige Atmen von neuem, und sie stahl sich auf den Gang hinaus.

Sooft sie eine Tür schloß, blieb sie einen Augenblick stehen und drückte ein Papiersiegel darauf.

Unten in der Bibliothek hörte Mr. Grandman das leise Brummen eines Motors, und er erhob sich erleichtert. Nur der Butler war ins Vertrauen gezogen worden; der stattliche alte Mann saß in der Halle in einem Sessel. Er war ebenso erleichtert wie sein Herr; rasch ging er zur Haustür und öffnete.

Draußen stand ein Krankenauto, aus dem zwei Wärter stiegen. Sie holten eine Trage und mehrere Decken aus dem Wageninnern und brachten sie in die Halle.

»Ich werde Ihnen den Weg zeigen«, sagte Grandman. »Aber seien Sie bitte so leise wie möglich.«

Er führte sie die mit schweren Läufern belegten Treppen hinauf, bis sie schließlich zu dem Krankenzimmer kamen.

»Ach, da sind Sie endlich«, sagte der Arzt und gähnte. »Setzen Sie die Trage dicht neben das Bett. Mr. Grandman, ich würde Ihnen raten, nicht zu nahe heranzukommen. Die Ansteckungsgefahr ist doch ziemlich groß.«

Gleich darauf trugen die beiden Krankenwärter die Trage hinaus; eine fest in Decken gewickelte Gestalt lag darauf. Das Gesicht der Patientin war kaum zu sehen, aber als sie an Mr. Grandman vorübergetragen wurde, spielte ein schwaches Lächeln um ihren Mund.

Die Krankenwärter verstanden ihre Sache ausgezeichnet. Ohne das geringste Geräusch trugen sie die Kranke die Treppe hinab und schoben die Trage in den Wagen.

»Das wäre also in Ordnung«, meinte der Arzt. »An Ihrer Stelle würde ich das Zimmer, in dem die junge Dame lag, abschließen und morgen gründlich desinfizieren lassen.«

»Ich bin Ihnen wirklich zu größtem Dank verpflichtet, Doktor. Wenn Sie mir Ihre Adresse geben wollen, werde ich Ihnen morgen sofort einen Scheck schicken, um mich erkenntlich zu zeigen.«

»Tun Sie das lieber nicht«, erwiderte der andere heiter. »Es ist mir ein Vergnügen gewesen, Ihnen behilflich zu sein. Ich fahre jetzt mit meinem Wagen zur Stadt zurück.«

»Wohin bringen Sie die junge Dame?« fragte Mr. Grandman.

»In die Isolierstation des Bezirkskrankenhauses«, entgegnete der Arzt. »Das ist doch wohl Vorschrift?« fragte er einen der Krankenwärter.

»Jawohl«, entgegnete der Mann.

Mr. Grandman blieb auf den Stufen der Treppe stehen, bis die roten Schlußlichter des Wagens verschwunden waren, dann ging er, in dem stolzen Gefühl, eine schwierige Aufgabe gut gelöst zu haben, ins Haus zurück.

»So, nun ist alles in Ordnung«, sagte er zu dem Butler. »Ich danke Ihnen, daß Sie so lange gewartet haben.«

Befriedigt lächelnd ging er den Korridor zu seinem eigenen Zimmer entlang. Als er an der Tür seiner Frau vorbeikam, stolperte er über einen Gegenstand. Er bückte sich und hob einen Lederkasten auf. Da er in der Dunkelheit nichts sehen konnte, drehte er das Licht an.

»Donnerwetter!« entfuhr es ihm, denn das Lederetui, das er in der Hand hielt, war der Schmuckkasten seiner Frau.

Er eilte zu ihrer Tür und wollte gerade die Klinke herunterdrücken, als er das Papiersiegel auf der Türfüllung sah. Entsetzt starrte er auf die vier Quadrate, in deren Mitte sich ein J befand – das Zeichen der ›Quadrat-Jane‹!

An der nächsten Straßenkreuzung, wo ein großes Auto wartete, hielt der Krankenwagen. Die Patientin, die sich schon lange vorher aus den Decken gewickelt hatte, stieg aus; sie trug einen großen, schweren Lederbeutel. Einer der beiden Wärter nahm ihn ihr ab und legte ihn in das andere Auto, an dessen Steuer der junge Arzt saß.

Dieser sagte zu dem Wärter: »Also bis morgen früh, Jack!«

»Jawohl, Doktor«, entgegnete der Mann.

Er nickte ›Quadrat-Jane‹ zu und ging zu dem Krankenauto zurück, an dem er das hintere Nummernschild entfernte, bevor er in der entgegengesetzten Richtung nach London fuhr.

»Nun, sind Sie fertig?« fragte der Arzt seine ›Patientin‹.

»Alles in bester Ordnung«, entgegnete sie und setzte sich neben ihn. »Sie sind aber reichlich spät gekommen, Jim. Ich hätte beinahe einen Ohnmachtsanfall bekommen, als ich hörte, daß die Leute im Schloß nach dem Dorfarzt geschickt hatten.«

»Sie hätten sich keine Sorge zu machen brauchen«, sagte der Mann am Steuer und ließ den Motor an. »Ich hatte den Dorfarzt durch einen Freund nach London rufen lassen. Nun, wie ist es – haben Sie genügend gefunden?«

»Reichlich«, entgegnete ›Quadrat-Jane‹ kurz. »Morgen früh werden Grandmans Gäste lange Gesichter machen.«

Er lächelte. »Was haben Sie übrigens mit der Detektivin, die Ross geschickt hatte, angestellt?«

»Die habe ich ja ganz vergessen! Ich habe sie gleich am Bahnhof in Empfang genommen und in eine Garage eingeschlossen. Aber lassen Sie die nur ruhig dort drin. Ich kann Detektivinnen nicht leiden. Das ist auch kein richtiger Beruf für eine Dame.«

2

Der Direktor der Boxley-Frauenklinik nahm seinen Sitz am Kopfende des langen Tisches ein und nickte seinen Kollegen zu, die sich versammelt hatten. Dann machte er eine respektvolle Verbeugung vor Sir John Denham, dem berühmten Chirurgen, der auf eine besondere Einladung hin an der Sitzung teilnahm.

Dr. Parsons, der Direktor, schob ein kleines Päckchen zur Seite, das vor ihm lag, sah einen Augenblick auf die Adresse und stellte fest, daß es an ihn selbst gerichtet war. Allem Anschein nach war es die neue Serumsendung, die er bestellt hatte. Er ließ seine Blicke zur Rechten und zur Linken schweifen und lächelte bitter, als er die düsteren Gesichter seiner Kollegen sah. »Nun, Gentlemen«, begann er, »es sieht fast so aus, als ob wir die Boxley-Klinik schließen müßten.«

»Steht es so schlecht?« fragte einer der Ärzte bestürzt.

Dr. Parsons nickte, dann fragte er: »Sie hatten wohl auch kein Glück, Sir John?«

Der Chirurg schüttelte den Kopf. »Ich habe alle möglichen Leute in London aufgesucht, die in der Lage wären, uns zu helfen. Es ist furchtbar, daß diese Klinik geschlossen werden muß, aber ich glaube, es gibt keinen anderen Ausweg.«

Der Doktor nickte traurig. »Zwei von den vier Häusern habe ich bereits schließen müssen. Wir Ärzte sind schon vierzehn Tage ohne Gehalt, aber das schlimmste ist, daß eine Menge Aufnahmegesuche vorliegen. Vierundachtzig Patientinnen, deren Namen vornotiert sind, konnten wir nicht aufnehmen.«

Sir John nickte bedrückt. »Es ist eine sehr ernste Lage, in der wir uns befinden. – Kennen Sie eigentlich Mr. Grandman?«

»Ja, oberflächlich. Er ist mir so weit bekannt, daß ich ihn um Hilfe angehen konnte, aber ich hatte keinen Erfolg. Mr. Grandman wollte nichts davon hören, daß er uns mit einer größeren Summe helfen sollte. Dabei hat er früher tatsächlich einmal eine Stiftung gemacht. Aber ich muß soeben an Lord Claythorpe denken; er ist ein guter Freund von Grandman. Er hat für seine Nichte eine Perlenkette im Wert von fünfzigtausend Pfund als Hochzeitsgeschenk gekauft. Es stand in allen Morgenzeitungen.«

»Ich habe es gelesen«, erklärte Sir John.

»Manchmal fühlte ich mich wirklich versucht, Einbrecher zu werden«, erklärte der Direktor müde. »Man möchte sich fast der ›Quadrat-Jane‹ anschließen. Die hat doch das kostbare venezianische Armband gestohlen, das der Eigentümer jetzt durch Zeitungsinserate zurückzubekommen trachtet. Sie ist als Detektivin zu Grandman gegangen und hat dort alles ausgeräumt. Sämtliche Schmuckstücke der Gäste scheinen ihr in die Hände gefallen zu sein; dann hat sie sich während der Nacht davongemacht. Unter ihrer Beute befand sich auch dieses kostbare Armband, das früher einmal einem venezianischen Dogen gehört haben soll. Das Stück allein ist schon ein Vermögen wert.

Auf jeden Fall versucht der Eigentümer, es wieder in seinen Besitz zu bringen. Er schreckt vor keinen Kosten zurück.«

»Wer ist es denn?«

»Lord Claythorpe. Seine Frau hat dieses prachtvolle Stück getragen. Sie war so eitel, es auf der Gesellschaft bei Grandman zeigen zu müssen. Claythorpe selbst ist ein erfahrener Sammler und soll ganz außer sich gewesen sein, als seine Frau ihm den Verlust mitteilte.«

In diesem Augenblick klingelte das Telefon. Dr. Parsons zog den Apparat näher heran und runzelte die Stirn.

»Ich habe den Leuten im Büro doch gesagt, daß ich während der Sitzung für niemanden zu sprechen bin.« Er nahm den Hörer ab. »Wer ist denn da?« fragte er ärgerlich.

»Ist dort Doktor Parsons?« erwiderte eine Frauenstimme.

»Ja, ich bin selbst am Apparat.«

»Ich wollte Ihnen nur sagen, daß ich heute morgen Ihren Aufruf gelesen habe.«

Dr. Parsons' Züge hellten sich sofort auf. Die Klinik war sein Lebenswerk, und jede Aussicht, daß man ihr helfen wollte, wenn auch in noch so geringem Maße, beglückte ihn.

»Ich freue mich, daß der Aufruf Eindruck auf Sie gemacht hat«, sagte er halb im Scherz und halb im Ernst, »und ich hoffe, daß es nicht nur bei Worten bleiben wird. Habe ich recht mit der Annahme, daß Sie mir eventuell helfen wollen?«

Er hörte ein fröhliches Lachen am anderen Ende der Leitung.

»Sie fordern das Publikum auf, achttausend Pfund zu zeichnen, um damit die Klinik weitere sechs Monate zu unterhalten.«

»Ja, das stimmt.«

»Ich habe Ihnen zehntausend geschickt!«

Dr. Parsons hielt den Atem an.

»Was, Sie haben mir zehntausend Pfund geschickt?« erwiderte er dann verblüfft. »Sie machen sicher nur einen Scherz!«

»Nun, ich habe Ihnen nicht direkt zehntausend Pfund in barem Geld geschickt, sondern etwas, das soviel wert ist. Gestern abend habe ich ein Päckchen an Sie aufgegeben. Haben Sie es erhalten?«

Parsons sah sich um.

»Ja, hier ist ein Päckchen, das in Clapham zur Post gegeben wurde. Stammt das von Ihnen?«

»Ja, das ist von mir. Ich bin froh, daß es Sie erreicht hat.«

»Was ist denn darin?« fragte der Doktor neugierig.

»Ein sehr wertvolles Armband, das eigentlich Lord Claythorpe gehört.«

»Wie bitte?« fragte Parsons bestürzt.

»Es ist das Armband, das ich dem Lord gestohlen habe«, erklärte die junge Dame offen. »Er hat für seine Wiederbeschaffung eine Belohnung von zehntausend Pfund ausgesetzt. Geben Sie ihm das Armband zurück, und verwenden Sie die zehntausend Pfund Belohnung für die Weiterführung Ihrer Klinik.«

»Mit wem spreche ich denn?«

»Mit der jungen Dame, die die Zeitungen ›Quadrat-Jane‹ getauft haben.«

Nach diesen Worten wurde am anderen Ende aufgelegt.

Mit zitternden Fingern riß Dr. Parsons die Schnur auf, die das Päckchen zusammenhielt.

Als die Wellpappe entfernt war, zeigte sich ein kleiner Holzkasten mit einem Schiebedeckel. Parsons öffnete ihn, und auf einem Polster von Watte sah er das berühmte venezianische Armband.

Die Sache erregte großes Aufsehen. Die Presse, die schon seit Wochen über nichts Aufregendes mehr zu berichten gehabt hatte, stürzte sich mit Begeisterung auf diese Sensation. Es gab keine Zeitung, die die Geschichte nicht in großer Aufmachung gebracht hätte.

Aber die Belohnung war nicht so einfach zu erhalten, wie sich die Presse und Dr. Parsons das gedacht hatten. Lord Claythorpe hatte durch einen Telefonanruf von der Sache gehört; Dr. Parsons selbst brachte das kostbare Stück in das vornehme Stadthaus des Lords am Belgrave Square.

Der Lord war ein verhältnismäßig kleiner, hagerer Mann mit kahlem Kopf und gelbem Gesicht, der sich leicht ärgerte. Er empfing den Arzt in seiner prachtvollen Bibliothek. Die eine Wand war, wie der Besucher sah, mit den Türen kleiner Safes bedeckt, die dort eingelassen waren. Der Lord sammelte kostbare Steine und hatte sich, um sie vor Einbrechern zu schützen, ein besonderes System ausgedacht.

Er hielt es nicht für sicher, seine kostbare Sammlung in einem einzelnen Safe aufzubewahren; er hatte sie in mehreren Stahlschränken untergebracht.

»Jaja«, sagte der Lord und runzelte die Stirn, »das ist das wertvolle Schmuckstück. Es hätte mir furchtbar leid getan, wenn es wirklich verloren gewesen wäre. Hätte mein dummes – äh, meine Frau es nicht auf die Gesellschaft mitgenommen, dann hätte ich nachher nicht derartige Umstände gehabt. Es ist eine der größten Kostbarkeiten in ganz England.«

Dann hielt er Dr. Parsons einen Vortrag über den künstlerischen und historischen Wert dieses Stückes, während der Arzt ungeduldig von einem Fuß auf den anderen trat. Der Lord schien nichts von der Belohnung wissen zu wollen. Schließlich verlor der Arzt die Geduld und machte eine diesbezügliche Andeutung.

»Eine Belohnung?« erwiderte Claythorpe ungemütlich. »Ich weiß wohl, daß ich etwas Ähnliches gesagt habe, aber Sie wollen doch sicher nicht, daß Ihre Klinik auf Kosten eines Bürgers weiterbesteht, der von Verbrechern geschädigt wurde? Sie können doch schon aus moralischen Gründen nicht aus der Hand einer Einbrecherin einen Beitrag zu Ihrem Unterstützungsfonds annehmen!«

»Ich interessiere mich durchaus nicht für den moralischen Wert einer Person, die meiner Klinik eine Schenkung zukommen läßt«, erklärte Parsons kühn. »Das einzige, was mir große Sorge macht, ist der empfindliche Geldmangel, unter dem das Krankenhaus leidet.«

»Vielleicht könnte ich Ihnen eine jährliche Unterstützung von . . .«

Der Doktor wartete.

». . . sagen wir einmal . . . zehn Pfund geben.«

»Das ändert aber nichts an der Tatsache, daß Sie eine Belohnung von zehntausend Pfund ausgesetzt haben«, entgegnete Parsons ärgerlich. »Entweder zahlen Sie diese Summe, oder Sie zahlen sie nicht. Wenn Sie sich weigern, Ihr Versprechen zu halten, werde ich mich an die Presse wenden.«

»Lieber Freund, die Belohnung war ausgesetzt, damit der Dieb bestraft werden sollte«, parierte der Lord triumphierend. »Das können Sie doch nicht abstreiten. Sie haben mir den Dieb aber nicht gebracht, und Sie haben auch keinerlei Angaben gemacht, die zu seiner Ergreifung führen könnten.«

»In der Zeitung stand, daß derjenige die Belohnung erhalten solle, dessen Angaben zur Wiedererlangung des Schmuckstücks führten«, erklärte der Arzt aufgebracht. »Und ich habe Ihnen nicht nur Nachrichten gebracht, die zur Wiederbeschaffung führten, sondern ich habe Ihnen das kostbare Armband selbst gebracht! Es war wohl noch ein Satz hinzugefügt, in dem etwas von der möglichen Bestrafung des Verbrechers gesagt wurde, aber das war nicht ausschlaggebend. Ich habe mich bereits von verschiedenen Rechtsanwälten über diesen Punkt aufklären lassen.«

Sie verhandelten eine ganze Stunde miteinander. Dr. Parsons war vollkommen verzweifelt, denn er wußte, daß es nicht anging, den Lord zu verklagen. Nach langem Hin und Her nahm er schließlich viertausend Pfund an, die Lord Claythorpe widerwillig zahlte.

Am Abend gab der Lord ein großes Essen zu Ehren seiner Nichte, deren Hochzeit in zwei Tagen stattfinden sollte. Es wurde bei Tisch nur eine Rede gehalten, und zwar von Lord Claythorpe selbst. Er erzählte seinen Gästen nicht nur, wie sehr er sich gefreut habe, das kostbare Armband wiederzuerhalten, sondern er berichtete auch von der etwas dramatischen Szene, die sich bei der Übergabe abgespielt hatte.

»Der Arzt wollte zehntausend Pfund haben. Ich halte das für eine grobe Unverschämtheit. Ich weiß sehr gut, daß die Belohnung, die ich ausgesetzt hatte, viel zu hoch war. Das habe ich auch der Polizei gesagt. Das Armband hat allerdings mindestens den dreifachen Wert, aber das tut ja an und für sich nichts zur Sache. Schließlich gelang es mir, den Arzt herunterzuhandeln!«

»Das habe ich schon gelesen«, bemerkte Mr. Grandman.

»So? Das setzt mich in Erstaunen«, entgegnete der Lord argwöhnisch. »Wo haben Sie das gelesen? Ich dachte, es wäre außer mir und Parsons niemandem bekannt. Hat denn dieser verdammte Doktor etwas ausgeplaudert?«

»Das wird wohl der Fall sein. Ich habe in verschiedenen Zeitungen davon gelesen. Einige haben recht interessante Artikel daraus gemacht. Ich glaube nicht, daß Ihnen das sehr dienlich ist, Claythorpe. Wenn die ›Quadrat-Jane‹ davon hören sollte –«

»Zum Teufel, glauben Sie denn, daß ich mich um dieses Weibsstück kümmere?«

Grandman nickte und lächelte seiner Frau zu. »Ich habe auch so ähnlich gesprochen, bis mich diese Jane selber eines anderen belehrt hat«, erwiderte er mit philosophischer Ruhe. »Als ich ihr Papiersiegel an den Türen meiner Gäste sah, wußte ich, was es geschlagen hatte. Claythorpe, ich warne Sie! Diese junge Dame ist keine gewöhnliche Einbrecherin. Sie hat Ihnen das Armband zurückgeschickt, weil sie der Klinik eine Unterstützung von zehntausend Pfund zukommen lassen wollte. Wenn Sie die Summe nicht freiwillig gezahlt haben, werden Sie schon noch sehen, was Sie erleben.«

»Die soll es nur einmal bei mir versuchen«, entgegnete Lord Claythorpe ärgerlich und schnippte mit den Fingern. »Die berüchtigtsten Geldschrankknacker Europas haben es schon probiert, bei mir einzubrechen, und drei von ihnen sind auch tatsächlich so weit gekommen, daß sie die Safes selbst zu öffnen versuchen konnten. Aber Sie kennen doch mein System: Ich habe zehn Safes, und sieben davon sind immer leer. Unter diesen Umständen ist es natürlich recht schwer, bei mir einzubrechen. Lew Smith ist nach der Meinung von Scotland Yard der gerissenste Spezialist auf diesem Gebiet. Der Mann hat die halbe Nacht bei mir ›gearbeitet‹ und glücklich zwei leere Safes erwischt, die er öffnete.«

»Weiß denn außer Ihnen niemand, welche Safes Sie zur Aufbewahrung Ihrer Kostbarkeiten benützen?«

»Niemand«, entgegnete der Lord prompt. »Es ist nach menschlicher Voraussicht ziemlich ausgeschlossen, daß ein Einbruch bei mir Erfolg haben könnte.«

»Wie machen Sie denn das?« fragte Grandman interessiert. »Wechseln Sie die Safes jeden Abend?«

Lord Claythorpe nickte grinsend. »Tagsüber verwahre ich die meisten meiner Kostbarkeiten in dem großen Safe, der in der Ecke meines Arbeitszimmers steht. Dorthin bringe ich auch regelmäßig das venezianische Armband. Aber abends, bevor sich die Diener zurückziehen, lasse ich alle meine Kostbarkeiten aus dem großen Safe auf den Tisch in der Bibliothek schaffen. Mein Butler und mein Diener stehen draußen vor der Tür der Bibliothek. Dann drehe ich das Licht aus, öffne die Wandsafes in der Dunkelheit, lege die Etuis und Kästen mit den Schmuckstücken hin in, schließe die Safes und stecke die Schlüssel in die Tasche.«

Grandman brummte etwas, aber die anderen Gäste sprachen sich sehr anerkennend über die geniale Art und Weise aus, wie der Lord sein Eigentum schützte.

»Ich halte die Sache für etwas übertrieben«, meinte Grandman, der sehr nüchtern und praktisch dachte und keinen Sinn für theatralische Maßnahmen besaß, »aber schließlich ist das ja Ihre Sache und geht mich nichts an.«

»Der Ansicht bin ich auch«, bemerkte Claythorpe ein wenig unhöflich. Er war nicht gewohnt, daß jemand die Klugheit seiner Anordnungen in Frage stellte.

»Ich kann Sie allerdings nur warnen«, sagte Grandman wieder. »Die ›Quadrat-Jane‹ ist sehr gerissen. Vor der sind Sie nicht sicher, auch wenn Sie fünfzig verschiedene Safes haben und einen Polizisten zum Schutz davor postieren.«

»Ach, sprechen Sie doch nicht immer wieder von dieser ›Quadrat-Jane‹«, erwiderte der Lord unangenehm berührt. »Machen Sie sich wegen der keine Sorgen. Ich habe einen Detektiv in meinem Haus –«

Mr. Grandman lachte bitter. »Haben Sie vielleicht auch – wie ich – eine junge Dame engagiert, wenn ich fragen darf?«

»Nein, die Dummheit habe ich nicht begangen. Ich habe den besten Beamten von Scotland Yard.«

»Haben Sie Verdacht auf irgendeine Dame hier im Hause?«
fragte Grandman leise.

»Wie meinen Sie das?«

»Kennen Sie alle Damen, die bei Ihnen zu Gast sind, persönlich? Wie ich sehe, sind über ein Dutzend hier.«

»Selbstverständlich kenne ich sie alle persönlich. Ich würde zu dieser Zeit keine Fremden in meinem Haus dulden. Bedenken Sie doch, daß die Hochzeitsgeschenke für meine Nichte –«

»Daran denke ich ja gerade«, entgegnete Mr. Grandman. »Würden Sie etwas dagegen haben, wenn ich mich einmal selbst hier umsähe?«

»Ach, wollen Sie Detektiv werden?« erkundigte sich der Lord etwas ironisch.

»Ich habe meine Erfahrungen gemacht und bitter für meine Nachlässigkeit bezahlt. Und wenn man selbst einen großen Verlust erlitten hat, weiß man, wie das ist.«

So erhielt denn Mr. Grandman die Erlaubnis, alle Räume des großen Hauses am Belgrave Square zu betreten, und er machte auch einige interessante Entdeckungen.

Zunächst konnte er feststellen, daß ›der beste Beamte von Scotland Yard‹ ein Privatdetektiv war, allerdings ein tüchtiger Mann in seinem Fach, den der Lord schon öfter engagiert hatte.

»Es ist keine große Sache«, erklärte ihm der Detektiv. »Ich muß die ganze Nacht vor der Bibliothekstür sitzen und mich mit dem Rücken gegen sie lehnen. Der Lord ist merkwürdig; er will nicht haben, daß jemand in die Bibliothek geht. – Was war denn das?« fragte er plötzlich.

Sie standen ein paar Schritte von der Tür zur Bibliothek entfernt, und der Detektiv hatte ein Geräusch wahrgenommen.

»Ich habe nichts gehört«, erklärte Grandman.

»Ich möchte aber einen Eid darauf leisten, daß sich in dem Zimmer etwas gerührt hat. Würden Sie so liebenswürdig sein und hierbleiben, während ich den Lord rufe?«

»Warum gehen Sie denn nicht einfach hinein?«

»Weil der Lord die Schlüssel zur Bibliothek in der Tasche trägt«, sagte der Detektiv lächelnd. »Ich bin bald wieder hier; Sie brauchen nicht lange zu warten.«

Der Detektiv fand Lord Claythorpe am Bridgetisch, und als er meldete, was sich eben zugetragen hatte, folgte ihm der Hausherr aufgeregt zur Bibliothek. Mit zitternden Händen öffnete er die schwere Tür.

»Gehen Sie voran«, sagte er nervös zu dem Detektiv. »Den Lichtschalter finden Sie gleich neben der Tür.«

Der Raum war hell erleuchtet, aber vollkommen leer. Auf der einen Seite befand sich ein langes, vergittertes Fenster. Der Vorhang war geschlossen, und der Detektiv zog ihn auf. Aber er entdeckte nur, daß das Fenster zu und allem Anschein nach nicht geöffnet worden war.

»Das ist allerdings seltsam. Ich habe bestimmt etwas am Fenster gehört.«

»Aber das kann doch auch der Wind gewesen sein«, meinte Grandman.

»Nein, der Wind war es bestimmt nicht; alle Fenster im Hause sind fest geschlossen.«

»Aber es ist doch ganz unmöglich, daß jemand durch das Fenster ins Haus kommen kann. Der müßte sich ja zwischen den Eisenstangen durchzwängen«, sagte der Lord.

Der Detektiv schüttelte den Kopf. »Ein ausgewachsener Mann kann das natürlich nicht, aber ein junges Mädchen kann vielleicht ebenso glatt durch die Gitter hindurchschlüpfen wie durch die Tür.«

»Das bilden Sie sich nur ein! Sie werden nervös«, entgegnete der Lord von oben herab. »Sehen Sie sich erst einmal gründlich in dem Raum um.«

Schränke befanden sich nicht in dem Zimmer, und auch sonst gab es keinen Platz, wo sich jemand hätte verstecken können. Die Durchsuchung des Raumes war daher sehr bald durchgeführt.

»Nun, haben Sie sich jetzt überzeugt, daß nichts geschehen ist?«

»Jawohl«, sagte der Detektiv.

Darauf gingen alle wieder hinaus, und Lord Claythorpe schloß die Tür sorgfältig ab.

*

Um halb zwölf waren alle Gäste mit Ausnahme von Grandman gegangen, der gern miterleben wollte, wie Claythorpe die Juwelen in den Wandsafes´unterbrachte. Aber in diesem Punkt wurde er enttäuscht, denn der Lord ging allein in die Bibliothek, schloß die Tür hinter sich ab und drehte das Licht aus, damit niemand sehen konnte, in welche Safes er die Schmuckkästen legte. Es dauerte eine geraume Weile, bis der Lord wieder herauskam.

»Die Sache wäre erledigt«, erklärte er befriedigt, während er die Safeschlüssel in die Tasche steckte. »Kommen Sie noch mit ins Rauchzimmer und trinken Sie einen Whisky-Soda mit mir, bevor Sie nach Hause gehen. – Sie treten jetzt Ihre Nachtwache an, Johnson«, wandte er sich an den Detektiv.

»Jawohl, Mylord.«

Als sie auf dem Wege zum Rauchzimmer waren, wo der Butler die Getränke bereitgestellt hatte, erzählte Lord Claythorpe, daß er sich nicht allein auf den Detektiv verlasse, sondern zur Vorsicht auch Scotland Yard benachrichtigt habe.

»Das Haus wird bis einen Tag nach der Hochzeit von allen Seiten dauernd bewacht«, sagte er.

»Das ist eine ganz vernünftige Maßnahme«, bestätigte Mr. Grandman.

Er trank einen starken Whisky-Soda und ging dann, begleitet von seinem Gastgeber, in die Halle, wo ihm ein Diener beim Anziehen seines Mantels half. Er wollte gerade gute Nacht sagen, als an der Haustür plötzlich laut geklopft wurde. Der Butler eilte durch die Halle, und als er geöffnet hatte, sah man draußen zwei Männer, die eine schlanke, jugendliche Person festhielten.

»Es ist alles in Ordnung«, sagte der eine triumphierend. »Wir haben sie gefaßt. Können wir sie hereinbringen?«

»Was? Sie haben sie schon gefangen?« fragte der Lord atemlos. »Wer ist es denn?«

Das junge Mädchen, das die beiden festhielten, war von Kopf bis Fuß in Schwarz gekleidet. Ein dichter, dunkler Schleier, der an ihrem kleinen Filzhut befestigt war, bedeckte ihr Gesicht.

»Wir haben sie unter dem Fenster Ihrer Bibliothek überrascht«, sagte der eine der beiden selbstbewußt und befriedigt.

Johnson brummte ärgerlich etwas vor sich hin.

»Wer sind Sie denn?« fragte der Lord.

»Sergeant Felton von Scotland Yard. Ich vermute, daß Sie der Hausherr selbst sind?«

»Jawohl.«

»Wir hatten den Auftrag, das Haus zu bewachen, und wir sahen diese junge Dame, als sie vom Bibliotheksfenster aus den Weg nach den Ställen entlanglaufen wollte. – Also, mein schönes Kind, nun wollen wir uns einmal Ihr Gesicht ansehen.«

»Nein, nein, nein!« rief sie verzweifelt. »Das ist ausgeschlossen! Aus wichtigen Gründen geht das nicht. Der Chef von Scotland Yard weiß davon.«

Der Kriminalbeamte zögerte und sah auf seinen Kollegen.

»Ich glaube, es ist besser, wir verständigen zunächst den Inspektor von Scotland Yard, der den Fall bearbeitet, und unternehmen im Augenblick nichts weiter, Mylord.«

Er zog ein paar Handschellen aus der Tasche.

»Strecken Sie die Hände aus«, sagte er barsch und ließ dann die glänzenden Stahlringe um ihre Handgelenke einschnappen.

»Haben Sie einen sicheren Raum, Mylord, wo wir sie einschließen können, bis der Inspektor kommt, um sie persönlich zu verhören?«

»Ja, meine Bibliothek.«

»Ist die Tür auch stark genug?«

Lord Claythorpe lächelte, ging selbst voraus und schloß die Tür auf. Dann drehte er das Licht an, und das junge Mädchen in Schwarz wurde hineingeführt und auf einen Stuhl gesetzt.

Der Beamte nahm einen Riemen aus der Tasche und band ihre Fußgelenke zusammen.

»Man kann nicht vorsichtig genug sein«, sagte er zu ihr. »Ich weiß zwar nicht, wer Sie sind, aber das werden wir ja bald erfahren. – So, und jetzt möchte ich telefonieren. Würden Sie gestatten, daß ich Ihren Apparat benütze?«

»Selbstverständlich. Sie können von der Halle aus sprechen.«

Der Sergeant sah nachdenklich auf die Gefangene, dann fuhr er sich mit der Hand über die Stirn.

»Es ist gefährlich, sie allein zu lassen, Robinson«, wandte er sich an seinen Kollegen. »Sie bleiben besser bei ihr und bewachen sie. Lassen Sie sie keinen Augenblick aus den Augen!«

Mit Ausnahme von Robinson gingen alle hinaus, und der Lord verschloß die Tür sorgfältig, während der Sergeant zum Telefon ging.

»Übrigens – können Sie Robinson hören, wenn er rufen sollte?« fragte er noch.

»Nein, das ist ausgeschlossen«, entgegnete Claythorpe prompt. »Die Tür ist so dick und massiv, daß man draußen nichts hört. Aber ein Beamter von Scotland Yard wird doch wohl imstande sein, mit einem gefesselten Mädchen fertig zu werden!«

Grandman hatte alles mit angesehen und bisher geschwiegen; jetzt aber lächelte er, denn er gab sich keinen Täuschungen über die Fähigkeiten der jungen Dame hin. Zu gern wollte er das Ende dieses Abenteuers miterleben.

Inzwischen hielt die Gefangene in der Bibliothek Robinson ihre Handgelenke hin, und im nächsten Augenblick hatte er die Handschellen aufgeschlossen. Sie bückte sich dann und band den Lederriemen auf, der ihre Füße zusammenhielt. Darauf ging sie sofort zu der Wand, in die die zehn Safes eingelassen waren.

Schnell prüfte sie die Stahltüren der einzelnen Tresore.

»Dies sind die drei, Jimmy«, sagte sie.

»Ich möchte nur wissen, woher Sie das erfahren haben.«

»Die Sache war sehr leicht. Sobald ich hereinkam, klebte ich dünne schwarze Seidenfäden über die einzelnen Türen. Diese drei sind zerrissen; daraus geht klar hervor, daß sie geöffnet worden sind. – Zuerst wollen wir einmal diesen hier versuchen. Geben Sie mir die Schlüssel.«

Der ›Kriminalbeamte‹ öffnete ein kleines Lederetui, das er aus der Tasche geholt hatte, und zog einige merkwürdig geformte Instrumente heraus. Dreimal versuchte sie zu öffnen, aber jedesmal zog sie das Werkzeug wieder aus dem Schlüsselloch, um die Spitze ein wenig zu verändern. Beim viertenmal schnappte das Schloß auf, und die schwere Stahltür öffnete sich.

»Da haben wir ja Glück, daß wir es gleich richtig gemacht haben«, sagte sie triumphierend.

Sie nahm ein großes Etui aus dem Innern des Safes, öffnete es und warf einen Blick auf den Inhalt, dann schob sie es in eine lange Seitentasche ihres Kleides. Dann nickte sie ihrem Begleiter zu.

»Öffnen Sie schnell das Fenster, aber machen Sie vorher das Licht aus. Es wird etwas schwierig für Sie sein, durch die engen Eisengitter zu kommen, Jimmy, aber Sie werden es schon schaffen. Mir hat es nicht die geringste Mühe gemacht.«

Draußen in der Halle hatte der Sergeant Mühe mit dem Telefon. Schließlich legte er den Hörer wieder auf und wandte sich verzweifelt an den Lord.

»Ich kann den Inspektor nicht erreichen. Wenn Sie nichts dagegen haben, fahre ich schnell selbst nach Scotland Yard; ich habe ein Motorrad draußen. Vielleicht gehen Sie so lange in die Bibliothek und leisten meinem Kollegen Gesellschaft.«

»Das werde ich nicht tun«, erwiderte der Lord entrüstet. »Ein Beamter von Scotland Yard kann doch wohl allein mit einem solchen Auftrag fertig werden. Ich bin es nicht gewohnt –« Er mußte Luft holen.

»Sehr wohl, Mylord«, entgegnete der Sergeant respektvoll.

Kurz darauf hörte man ihn auf seinem Motorrad davonfahren.

»Wir wollen doch lieber einmal nachsehen und den Rat des Sergeanten befolgen«, meinte Grandman. »Schaden kann das doch auf keinen Fall.«

»Aber mein lieber Freund«, fuhr der Lord ärgerlich auf, »ein Polizeibeamter wird doch wohl noch so ein schwaches Mädchen bewachen können. – Meinen Sie nicht auch, Johnson?«

Der Privatdetektiv antwortete nicht sofort.

»Gewiß, Mylord. Aber ich möchte doch auch sagen, daß ich mich unbehaglich fühle, wenn diese ›Quadrat-Jane‹ sich in dem gleichen Raum aufhält, in dem sich auch die Juwelen befinden.«

»Donnerwetter!« rief der Mylord atemlos. »Daran habe ich gar nicht gedacht. Aber es ist ja ein Polizeibeamter bei ihr. Sie kennen den Mann doch, Johnson?«

»Nein, ich kenne ihn nicht«, erklärte der Privatdetektiv. »Ich komme nicht oft mit den Beamten von Scotland Yard zusammen. Es sind so viele, und sie wechseln häufig von einer Abteilung in die andere. Es ist daher schwierig, die einzelnen Beamten im Auge zu behalten.«

Der Lord dachte einige Zeit nach, dann packte ihn eine entsetzliche Angst.

»Vielleicht haben Sie doch recht, Grandman«, sagte er schließlich. »Wir wollen in die Bibliothek gehen und nachsehen.«

Er steckte den Schlüssel in das Schloß der schweren Tür und drehte ihn um. Als er öffnete, war das Zimmer dunkel.

»Sind Sie hier?« schrie der Lord so bestürzt und ängstlich, daß Grandman sich das Lachen verbeißen mußte.

Johnson war inzwischen ins Zimmer getreten und hatte das Licht eingeschaltet. Nun zeigte sich, daß der Raum vollkommen leer war.

Lord Claythorpe sah sofort nach der Wand mit den zehn Safes hinüber. Neun waren geschlossen, aber auf einem, dessen Tür offenstand, klebte ein viereckiges Stück Papier. Grandman war der erste, der es entdeckte, und er wußte auch gleich, was das zu bedeuten hatte.

»Was ist das?« fragte der Lord mit zitternder Stimme und zeigte auf das Papiersiegel.

»Die Visitenkarte der ›Quadrat-Jane‹!«

3

Chefinspektor Dawes von Scotland Yard war ein verhältnismäßig junger Mann für den hohen Posten, den er bekleidete. Obwohl er sich durch Bescheidenheit auszeichnete und wenig von seinen Erfolgen sprach, wußte man doch in ganz Scotland Yard, daß er sich durch nichts von einer Spur abbringen ließ.

Er hatte ein jugendliches, glattrasiertes Gesicht; an den Schläfen waren die Haare leicht ergraut. Im übrigen hatte er eine ruhige Art, betrachtete Verbrechen und Verbrecher vom philosophischen Standpunkt aus und hatte persönlich nichts gegen die Leute, die sich gegen das Gesetz vergingen. Wenn er überhaupt eine Leidenschaft besaß, so war es höchstens die Aufklärung von Verbrechen, die besonders schwierig zu klären waren.

Alle Verbrechen, die sich vom üblichen Muster unterschieden, reizten ihn; alles Außerordentliche faszinierte ihn, und er bedauerte unendlich, daß es ihm noch niemals vergönnt gewesen war, einen der Fälle zu bearbeiten, in denen die ›Quadrat-Jane‹ eine Rolle spielte.

Nach dem Einbruch bei Lord Claythorpe wurde jedoch Peter Dawes beauftragt, diese Diebin zu fangen, und er freute sich, daß er nun endlich die Möglichkeit hatte, eine so interessante Angelegenheit zu verfolgen.

Lord Claythorpe hatte sofort Scotland Yard angerufen und mit weinerlicher, ängstlicher Stimme berichtet, was vorgefallen war. Was der Lord sonst noch sagte, kümmerte Peter wenig. Seiner Meinung nach war es wichtig, sich nicht durch Vorurteile leiten zu lassen und bloßen Mutmaßungen anderer gegenüber die gebührende Reserve zu bewahren.

Er begab sich sofort zu dem Haus des Lords und suchte durch Fragen den genauen Tatbestand aus dem erregten kleinen Mann herauszuholen. Selbstverständlich befand sich Claythorpe in furchtbarer Aufregung.

»Es ist entsetzlich«, klagte er. »Wozu haben wir denn eine Polizei in London? Dauernd gehen Diebe ohne Strafe aus! Es ist schrecklich, daß fortgesetzt solche Verbrechen begangen werden können.«

Peter Dawes, der häufig Gelegenheit hatte, derartige Zornesausbrüche bestohlener Leute zu hören, ließ den Lord ruhig aussprechen.

»Wie ich höre, wurde das junge Mädchen von zwei Leuten hergebracht, die behaupteten, sie draußen im Garten gefangen zu haben?«

»Ja, es waren zwei Kriminalbeamte«, stöhnte der Lord.

»Wenn die Leute behaupteten, Beamte von Scotland Yard zu sein, so braucht das durchaus noch nicht den Tatsachen zu entsprechen. Auf jeden Fall haben Sie sich durch die beiden täuschen lassen«, erwiderte Peter lächelnd. »Dann haben die zwei es also fertiggebracht, die Gefangene und einen Mann in die Bibliothek einschließen zu lassen, wo sie zehn Minuten mit den Juwelen allein blieben. Waren Ihre Gäste bereits gegangen, als das Verbrechen verübt wurde?«

Der Lord nickte traurig. »Ja. Mit Ausnahme meines Freundes Grandman waren alle fort.«

Peter durchsuchte die Bibliothek sehr genau und interessierte sich besonders für das merkwürdige Papiersiegel, das an dem Safe angebracht war. Er prüfte auch den Fußboden und das Fenstergitter; dabei achtete er besonders darauf, ob die Dielen irgendwie beweglich waren oder sonst eine Möglichkeit bestand, durch den Fußboden zu entkommen.

»Zu so früher Stunde kann ich nicht viel unternehmen«, sagte er dann zu Lord Claythorpe. »Sobald es Tag geworden ist, komme ich zurück und setze die Nachforschungen fort. Bitte achten Sie darauf, daß niemand in diesem Zimmer Staub wischt oder ausfegt.«

Um neun Uhr kehrte er zurück, und zu seinem größten Erstaunen fand er den Lord in der Bibliothek. Er hatte erwartet, daß Claythorpe nach einer so aufregenden Nacht schlafen würde, aber der kleine Herr saß, nur mit Pyjama und Hausmantel bekleidet, in einem Ledersessel.

»Sehen Sie sich einmal dies an«, rief er und schwenkte einen Brief.

Dawes nahm das Schreiben und las:

Sie sind ein alter Geizkragen! Als Sie das venezianische Armband verloren, setzten Sie eine Belohnung von zehntausend Pfund aus. Ich schickte das Schmuckstück an ein Krankenhaus, das keine Mittel mehr besaß. Dr. Parsons, der Ihnen das Armband zurückbrachte, war berechtigt, für seine Klinik die volle Summe zu kassieren, die Sie in der Zeitung versprochen hatten. Ich habe nun Ihre Perlen genommen, weil Sie die Klinik um sechstausend Pfund betrogen haben. Aber diesmal werden Sie Ihr Eigentum nicht zurückerhalten.

Statt einer Unterschrift war ein J zu sehen, umrahmt von vier Quadraten.

Peter betrachtete das Schreiben aufmerksam.

»Ganz gewöhnliches Papier, wie man es für wenig Geld aus jedem Automaten auf der Post bekommen kann. Wie wurde der Brief zugestellt?«

»Durch einen Boten. Was halten Sie von dem Schreiben? Rechnen Sie mit der Möglichkeit, daß ich meine Perlen wiederbekomme?«

»Ja, eine Möglichkeit besteht schon, aber sie ist nicht gerade sehr groß.«

Peter Dawes fuhr nach Scotland Yard zurück und erstattete seinem Chef eingehend Bericht.

»Soweit ich herausgebracht habe, hat die Tätigkeit dieser ›Quadrat-Jane‹ vor zwölf Monaten begonnen. Aber sie hat nie einfache Leute bestohlen, sondern immer nur ausnehmend reiche Männer, die ihr Vermögen durchweg auf nicht ganz einwandfreie Weise erworben haben, soweit sich das feststellen läßt.«

»Was macht sie mit dem Geld?« fragte Peters Chef neugierig.

»Das ist ja gerade das Sonderbare an der Sache. Ich weiß, daß sie große Summen karitativen Anstalten zukommen läßt. Zum Beispiel hat ein Fürsorgeheim im Osten Londons von einem anonymen Wohltäter viertausend Pfund erhalten, nachdem es Jane gelungen war, Grandman zu berauben. Gleichzeitig erhielt ein Hospital im Westend die gleiche Summe. Nach dem Einbruch bei Talbot hat ein Waisenhaus im Westend eine Zuwendung von dreitausend Pfund erhalten; diese Summe entsprach ungefähr der Beute, die sie bei der Gelegenheit machte. Mir kommt es so vor, als handelte es sich um jemand, der mit Krankenhäusern zu tun hat. Vielleicht ist es eine Krankenschwester. Jedenfalls hat sie sich in den Kopf gesetzt, den Armen und Bedrängten auf Kosten der übermäßig Reichen zu helfen.«

»Klingt alles recht schön«, sagte der Chef trocken, »aber unglücklicherweise können wir uns für ihre romantischen Neigungen nicht interessieren. Für uns ist sie eine ganz gewöhnliche Diebin.«

»Sie ist aber doch mehr als das«, erwiderte Peter ruhig. »Sie ist die raffinierteste Verbrecherin, der ich während meiner Tätigkeit in Scotland Yard begegnet bin. Sie ist, was ich gefürchtet und auf der anderen Seite mir gewünscht habe: eine Verbrecherin mit klarem, scharfem Verstand.«

»Hat eigentlich schon jemand diese Frau gesehen?« fragte der Chef interessiert.

»Mit Ausnahme Grandmans ist sie nur von Leuten gesehen worden, die sie nicht wiedererkennen können. Lord Claythorpe hat sie zum Beispiel nur verschleiert gesehen und sah nichts von ihren Gesichtszügen. Die Schwierigkeit besteht jetzt darin, herauszubringen, was sie vorhat. Selbst wenn sie sich ihre Opfer nur unter den außergewöhnlich reichen Leuten aussucht, gibt es in England doch vierzigtausend, unter denen sie ihre Wahl treffen kann. Es ist klar, daß wir nicht all diese Leute schützen können, aber immerhin muß man doch den Versuch machen. Ich habe . . .« Er zögerte weiterzusprechen.

»Ja, was wollten Sie sagen?«

»Die genaue Untersuchung ihrer Methoden hat mir in dieser Beziehung ein wenig geholfen. Ich habe mir von ihrem Standpunkt aus klarzumachen versucht, wer wohl das nächste Opfer sein könnte. Es muß jemand sein, der sehr reich ist und sich mit seinem Vermögen brüstet. Dabei bin ich auf vier Leute gestoßen; das heißt, es sind von allen, die in Betracht kommen, nach vorsichtiger Eliminierung vier übriggeblieben, und zwar Gregory Smith, Charles Switzer, Thomas Scott und John Tresser. Und unter diesen hat sie es wahrscheinlich auf Tresser abgesehen. Wir wissen ja, daß er in verhältnismäßig kurzer Zeit ein großes Vermögen zusammengebracht hat und bei seinen Geschäften nicht immer einen geraden Weg gegangen ist. Und zu alledem spricht er noch gern über seinen Reichtum. Er hat doch das große Haus des Herzogs von Haslemere gekauft; außerdem ist seine Gemäldesammlung berühmt. In den Zeitungen ist ja schon genügend darüber geschrieben worden.«

Der Chef nickte. »Er hat doch diesen berühmten Romney – oder täusche ich mich?«

»Sie haben vollkommen recht; Tresser hat dieses prachtvolle Gemälde erworben. Er ist kein Kunstkenner und weiß daher nur, daß es ein wundervolles Kunstwerk ist, weil andere Leute es ihm gesagt haben. Vor allem war es aber unklug und taktlos von ihm, Zeitungsreportern gegenüber so rücksichtslos seine Meinung über das Prinzip der Wohltätigkeit zu äußern. Er scheute sich nicht, festzustellen, daß er noch niemals einen Shilling für die öffentliche Wohlfahrt geopfert habe. Bei der Gelegenheit setzte er auch seine egoistischen Ansichten auseinander und sagte, daß er nur dann Geld ausgebe, wenn er persönlich einen Vorteil habe.«

»Es sind also alle Voraussetzungen gegeben, daß sich die ›Quadrat-Jane‹ für ihn interessiert. Er hat ja überall den hohen Kaufpreis des Romney bekanntgegeben. Ich glaube, daß das ein gefundenes Fressen für unsere Spezialistin ist.«

Es war nicht leicht, Mr. Tresser zu treffen; er hatte so viele Interessen in der City, daß er von morgens früh bis abends spät beschäftigt war. Als es Peter schließlich gelang, ihn in einem Privatsalon des ›Ritz-Carlton‹ zu sprechen, war er erstaunt über das gewöhnliche Aussehen dieses reichen Mannes. Der Multimillionär war dick und untersetzt und hatte rote Haare. Sein fleischiges Gesicht war glatt rasiert; das einzig Bemerkenswerte an ihm waren die lebhaften Augen von blaugrauer Farbe.

Die Visitenkarte des Chefinspektors verschaffte ihm sofort Zutritt zu dem bekannten Mann.

»Nehmen Sie bitte Platz«, sagte Mr. Tresser eilig. »Was haben Sie denn für Sorgen?«

Peter erklärte, warum er gekommen war, und der Millionär hörte ihm so interessiert zu, als ob es sich um ein lukratives Geschäft handelte.

»Ja, ich habe schon von dieser ›Quadrat-Jane‹ gehört«, sagte er belustigt, »aber von mir wird sie nichts bekommen, darauf gebe ich Ihnen mein Wort. Und was den Romney betrifft – deshalb brauchen Sie sich keine Kopfschmerzen zu machen.«

»Aber soviel ich gehört habe, gestatten Sie dem Publikum den Zutritt zu Ihrer Gemäldesammlung?«

»Das stimmt, aber jeder, der die Gemäldegalerie besucht, muß sich in ein Buch eintragen. Außerdem werden die Gemälde scharf bewacht.«

»Wo hängt denn der kostbare Romney über Nacht? Doch nicht etwa in der Galerie?«

Mr. Tresser lachte laut auf. »Glauben Sie wirklich, daß ich so töricht wäre? Nein, nachts kommt er in meine Stahlkammer. Und Sie können sicher sein, daß sich der Herzog von Haslemere ein erstklassiges Panzergewölbe hat einbauen lassen, das nicht so leicht zu öffnen ist!«

Peter Dawes war nicht so zuversichtlich wie Tresser und traute verschlossenen und verriegelten Türen wenig. Er wußte nur zu gut, daß die ›Quadrat-Jane‹ in ihrem Fach geradezu eine Künstlerin war und ihre Unternehmungen sehr genau plante. Es war natürlich zweifelhaft, ob sie sich wirklich mit Bildern abgeben würde, und ein großes Gemälde war ja auch nicht ohne weiteres aus dem Haus zu schaffen – höchstens dann, wenn sie nachts einen Einbruch versuchte. Aber das kam in diesem Fall ja kaum in Frage, da die Stahlkammer ein allzu großes Hindernis bot.

Er ging also zum Haslemere House, das in der Nähe des Berkeley Square lag. An das große, repräsentative Gebäude war eine moderne Gemäldegalerie angebaut. Nachdem er Einlaß gefunden hatte, trug er seinen Namen in das Besucherbuch ein. Unter den Angestellten erkannte sein scharfes Auge sofort einen Privatdetektiv. Er trat auf ihn zu, zeigte ihm seinen Ausweis und wurde sofort in die Galerie eingelassen. Gleich im ersten Saal hing der große Romney – ein prachtvolles Bild, eines der besten, das der berühmte Meister gemalt hatte.

Peter war der einzige Besucher. Er sah sich aber nicht nur die Kunstschätze an. Vor allem untersuchte er den Raum, in dem das berühmte Gemälde hing, denn er hatte ja daran zu denken, daß sich hier etwas Unangenehmes ereignen könnte. Der Saal war lang und verhältnismäßig schmal und besaß nur eine einzige Tür, durch die Peter hereingekommen war. Die hohen Fenster waren nicht nur mit Eisengittern versehen, sondern auch noch mit Drahtnetzen gesichert. Auf diesem Weg konnte man also das Gemälde nicht aus dem Saal schaffen. Da keine schweren Vorhänge angebracht waren, sondern nur Rollos, war der Raum sehr übersichtlich. Es konnte sich niemand darin verstecken.

Nachdem Peter diese Feststellungen gemacht hatte, ging er wieder hinaus. Er war vollkommen überzeugt, daß die ›Quadrat-Jane‹ nicht so leicht davonkommen würde, wenn sie die Gemäldegalerie Tressers berauben wollte.

Peter kehrte nach Scotland Yard zurück und arbeitete bis zur Mittagszeit in seinem Büro. Dann ging er zu Tisch. Kurz nach seiner Rückkehr wurde er vom Chef angerufen.

»Würden Sie sofort in mein Büro kommen, Dawes? Ich habe eine wichtige Sache für Sie.«

Peter ging sofort hin.

»Es ist wie verhext, Dawes. Wir haben auf den nächsten Gaunerstreich der ›Quadrat-Jane‹ wirklich nicht lange zu warten brauchen.«

»Was hat sie denn jetzt schon wieder gemacht?«

»Den wertvollen Romney gestohlen!«

Peter starrte seinen Vorgesetzten verblüfft an. »Wann ist denn das geschehen?«

»Vor einer halben Stunde. Fahren Sie sofort zum Haslemere House und stellen Sie die nötigen Nachforschungen an.«

Zwei Minuten später saß Peter schon in seinem Wagen und suchte sich seinen Weg durch den dichten Londoner Verkehr, und nach zehn Minuten stand er bereits in der Halle des großen Hauses und ließ die aufgeregten Angestellten berichten. Die Tatsachen, die er erfuhr, waren verhältnismäßig nichtssagend.

Um Viertel nach zwei war ein alter Mann in einem langen Mantel erschienen. Er wollte die Galerie besichtigen und trug sich als ›Thomas Smith‹ in das Besucherbuch ein.

Der Mann schien eine Autorität auf dem Gebiet der Kunstgeschichte zu sein und hatte sich allem Anschein nach auf Romney spezialisiert. Er duldete keinen Widerspruch, und die Unterhaltung mit ihm war nicht gerade angenehm, da er alles besser wußte. Er sprach mit sämtlichen Angestellten, prahlte mit seinen großen Kenntnissen und seiner reichen Erfahrung, nannte sich einen der besten Kunstkritiker und machte sich so unbeliebt wie nur möglich bei den Leuten, so daß niemand mehr etwas mit ihm zu tun haben wollte. Alle waren froh, als er endlich in die Galerie ging.

»War er denn allein in dem Saal, wo der Romney hing?«
fragte Peter.

»Jawohl.«

»Niemand hat ihn begleitet?«

»Nein.«

Peter nickte. »Es ist natürlich nicht angenehm, mit einem so rechthaberischen Menschen zusammen zu sein, aber der Mann verhielt sich vielleicht nur so, um die anderen Leute zu verscheuchen. Erzählen Sie ruhig weiter.«

»Er ging in den Saal, und als einer der Diener etwas dort holte, sah er, daß der Fremde wie verzückt in dem Sessel vor dem Bild saß. Der Diener sagt, er könne darauf schwören, daß zu der Zeit das Bild noch im Rahmen war. Es hing nicht allzu hoch; die obere Kante des Rahmens befand sich etwa zwei Meter über dem Fußboden.

Kurz darauf kam der alte Mann aus dem Saal und sprach mit sich selbst über die Schönheit und die Farbenpracht des Bildes. Im selben Augenblick trat ein junges Mädchen in die Halle und bat ebenfalls um die Erlaubnis, die Gemälde besichtigen zu dürfen. Sie trug sich als ›Ellen Cole‹ ein.«

»Wie sah sie denn aus?«

»Ach, sie war nur ein Kind, ein hochaufgeschossenes junges Ding, das höchstens vierzehn oder fünfzehn Jahre alt sein mochte«, erklärte der Befragte.

Peter stellte dann fest, daß dieses junge Mädchen die Galerie betrat, als der alte Mann herauskam. Der wandte sich nach ihr um und sah ihr nach. Dann ging er langsam durch die Halle, und als er zur Tür kam, zog er sein Taschentuch heraus. Dabei rollten etwa zehn, zwölf Geldstücke nach allen Seiten auf den Marmorfußboden. Ein Diener half ihm, die Geldstücke wieder aufzuheben. Er dankte ihm, schien sich aber in Gedanken noch dauernd mit dem Bild zu beschäftigen, denn er war zerstreut und sprach mit sich selbst. Schließlich verließ er das Haus.

Kaum war er auf der Straße angelangt, als das junge Mädchen wieder in der Halle erschien und fragte: ›Welches von den vielen Bildern ist denn der berühmte Romney?‹

›Er hängt in der Mitte der großen Wand gegenüber den Fenstern.‹

›Aber ich kann ihn nicht finden. Dort hängt doch nur ein leerer Rahmen‹, war ihre Antwort.

Die Angestellten eilten in den Raum und konnten nur noch feststellen, daß das Gemälde verschwunden war.

Auf dem Rahmen war das übliche Zeichen der ›Quadrat-Jane‹ angebracht.

Die Angestellten verloren nicht den Kopf. Einer rief sofort die nächste Polizeistation an, ein zweiter eilte dem Alten nach. Aber der war wie vom Erdboden verschwunden. Der Polizist, der an der Straßenecke stand, hatte beobachtet, wie der Mann in ein Taxi stieg und fortfuhr.

»Und was ist aus dem jungen Mädchen geworden?«

»Sie blieb noch einige Zeit, besah sich die anderen Bilder und ging dann fort. Sie hat übrigens in dem Buch unter ihrem Namen ihre Adresse notiert. – Aber sie hatte nicht die geringste Möglichkeit, ein Bild fortzuschleppen«, erklärte der Mann überzeugt. »Sie trug ein verhältnismäßig kurzes Kleid, und es ist ganz ausgeschlossen, daß sie das große Gemälde darunter hätte verstecken können.«

Peter ging in den Saal und betrachtete den leeren Rahmen. Das Gemälde war mit einem scharfen Messer glatt herausgeschnitten. Alle Winkel durchsuchte er, aber er konnte nichts entdecken. Nur eine lange Stecknadel fand er direkt vor dem Bild; sie war besonders stark, aber sonst war nichts Außergewöhnliches an dem Fund. Andere Anhaltspunkte konnte er nicht gewinnen, obwohl er sich die größte Mühe gab.

Mr. Tresser nahm seinen Verlust gefaßt hin. Erst als in den Zeitungen Artikel darüber erschienen und alle Berichterstatter den großen Wert des Gemäldes hervorhoben, wurde er unruhig, und schließlich setzte er eine Belohnung für die Wiederbeschaffung aus, worüber die Zeitungen gleichfalls berichteten.

Der Diebstahl des berühmten Gemäldes wurde in allen Clubs, in allen Gesellschaftskreisen lebhaft erörtert. Man zerbrach sich den Kopf, wie das Bild überhaupt hatte entwendet werden können, und die jungen Leute, die sich für Amateurdetektive hielten, stürzten sich mit Eifer auf die Aufdeckung dieses sensationellen Verbrechens.

Peter Dawes, der sich die beiden Adressen aus dem Besucherbuch notiert hatte, ging noch am Nachmittag in die Stadt und stellte weitere Nachforschungen an. Aber er entdeckte natürlich, daß weder der alte Kunstkenner noch das junge Mädchen dort wohnten, wo sie angegeben hatten.

Peter berichtete seinem Vorgesetzten, was er erfahren hatte. Er hatte sich auch schon eine ganz bestimmte Theorie darüber gebildet, wie der Diebstahl ausgeführt worden war.

»Der alte Mann kommt natürlich als Täter nicht in Frage. Er war nur ein Helfershelfer und wurde in die Galerie geschickt, um den Argwohn und Verdacht der Angestellten zu erregen, so daß sich die ganze Aufmerksamkeit auf ihn konzentrierte. Mit voller Absicht ärgerte er die Leute mit seinen langen Erklärungen und Erzählungen, damit sie ihn allein ließen. Dann ging er in die Galerie. Er wußte, daß sein langer Mantel den Leuten von vornherein verdächtig erscheinen und daß sie genau auf ihn achten würden. Die beiden hatten einen vorzüglichen Zeitplan ausgearbeitet – gerade, als das Mädchen hereinkam, verließ der Alte den Saal. Besser hätte es überhaupt nicht gemacht werden können.

Das Geld ließ er fallen, um die Aufmerksamkeit auf sich zu ziehen. Wahrscheinlich wurde im selben Augenblick das Bild aus dem Rahmen geschnitten und versteckt. Wie das Mädchen dies allerdings angefangen und wie sie es aus dem Haus gebracht hat, ist ein Rätsel. Alle Angestellten, die ich fragte, sind sich darüber einig, daß sie das große Gemälde unmöglich auf ihrem Körper verbergen konnte. Ich habe Versuche in dieser Hinsicht angestellt und ein Stück Malerleinwand von der betreffenden Größe mit Ölfarbe bestreichen lassen, so daß es dieselbe Schwere und Steife hatte wie das Original. Es ist ganz ausgeschlossen, daß das junge Mädchen das Bild mitgenommen hat.«

»Wer war denn das Mädchen?«

»Niemand anders als die ›Quadrat-Jane‹ selbst!«

»Das ist doch unmöglich!«

Peter lächelte. »Es ist furchtbar leicht für eine junge Dame, sich noch etwas jünger zu machen. Sie braucht sich nur entsprechend anzuziehen und ihre Frisur zu ändern, dann ist das Schulmädchen schon fertig.«

»Einen Augenblick!« sagte der Chef. »Konnte sie nicht das Bild durchs Fenster nach draußen werfen, so daß jemand es auffing, der vor dem Haus wartete?«

Peter schüttelte den Kopf. »Daran hatte ich zuerst auch gedacht, aber die Fenster waren verschlossen, und die Drahtnetze machen derartige Manipulationen vollkommen unmöglich. Nein, sie hat das Bild tatsächlich unter den Augen der Angestellten gestohlen. Dann kam sie heraus und erklärte unschuldig, daß sie den Romney nicht finden könne. Selbstverständlich waren die Leute bestürzt und eilten Hals über Kopf in den Saal. In den nächsten Minuten hat sich dann natürlich niemand um das ›Kind‹ gekümmert.«

»Meinen Sie nicht, daß einer der Angestellten in die Sache verwickelt war?«

»Das wäre nicht ganz von der Hand zu weisen. Aber ich habe mich genau nach dem Vorleben der Angestellten erkundigt; sie haben alle sehr gute Zeugnisse und sind schon lange im Dienst. Es sind durchweg verheiratete, ältere Leute, und gegen keinen liegt etwas vor.«

»Was will sie denn mit dem Gemälde anfangen? Sie kann doch ein so bekanntes Kunstwerk nicht verkaufen?«

»Die Absicht hat sie auch gar nicht. Sie ist natürlich nur auf die Belohnung aus, die Mr. Tresser ausgesetzt hat«, entgegnete Peter lächelnd. »Ich muß mich schwer anstrengen, um diese kluge und scharfsinnige Frau zu fassen. Vorläufig sieht es noch nicht so aus, als ob wir sie in der nächsten Zeit verhaften könnten. Aber ich glaube doch, daß ich sie schließlich fange, wenn ich mich noch länger mit dem Fall beschäftige.«

»Sie meinen, sie ist hinter der Belohnung her? Das ist ja großartig! Dann können wir sie doch verhaften, wenn sie das Bild zurückbringt.«

»Nein, in dieser Beziehung dürfen wir uns keine Hoffnung machen«, entgegnete Peter. Er nahm ein Telegramm aus der

Tasche und legte es vor seinen Vorgesetzten auf den Schreibtisch. Es lautete:

Das Gemälde von Romney wird unter der Bedingung zurückgegeben, daß sich Mr. Tresser verpflichtet, fünftausend Pfund an die Kinderklinik in der Great Penton Street zu zahlen. Sobald er eine Erklärung unterzeichnet hat, in der er sich verpflichtet, diese Summe zu zahlen, wird er das Bild zurückerhalten.

Jane

»Was hat denn Mr. Tresser dazu gesagt?«

»Der ist einverstanden und hat sich bereits mit dem Sekretariat der Klinik in Verbindung gesetzt. Wir haben in allen Zeitungen eine Notiz veröffentlicht – zusammen mit einem Foto des Gemäldes.«

Um drei Uhr nachmittags kam ein anderes Telegramm, das an Peter Dawes persönlich adressiert war. Er war etwas betreten, weil die ›Quadrat-Jane‹ so genau darüber unterrichtet war, daß er ihren Fall bearbeitete.

Der Text war verhältnismäßig kurz:

Ich werde das Bild heute abend acht Uhr zurückgeben. Seien Sie in der Gemäldegalerie. Treffen Sie alle Vorsichtsmaßregeln und lassen Sie mich diesmal nicht entwischen. Jane

Das Telegramm war auf der Hauptpost aufgegeben worden.

Peter Dawes unterließ nichts, was dazu beitragen konnte, die Diebin zu fangen. Er hatte zwar nicht die leiseste Hoffnung, daß er Jane verhaften werde, aber andererseits wollte er auch nichts unterlassen, was zu einem Erfolg führen konnte.

Eine ganze Anzahl Personen versammelten sich in der düsteren Halle von Mr. Tressers Haus.

Außer Dawes und zwei weiteren Beamten von Scotland Yard war Mr. Tresser mit seinen Leuten erschienen. Er rauchte eine schwere Zigarre und schien sich im Augenblick wenig um die Sache zu kümmern. Außerdem war auch noch ein Vertreter der Kinderklinik in der Great Penton Street erschienen.

»Glauben Sie, daß sie selber kommen wird?« fragte Tresser.

»Ich würde sie gern einmal sehen. Sie hat mich zwar zum besten gehabt, aber deshalb bin ich ihr nicht böse. Ich habe ausgesuchte Polizisten in Reserve, und auch die Straßenzugänge werden bewacht. Aber ich fürchte, es wird nicht zu einer Verhaftung kommen; sie ist zu behende und zu schlau für uns.«

»Schon möglich. Aber wenn wir auch nicht sie selbst erwischen, so könnten wir doch den Boten fassen.«

Peter schüttelte den Kopf. »Der ist wahrscheinlich von irgendeiner Firma gemietet. Ich habe allerdings auch in dieser Beziehung Vorsichtsmaßregeln getroffen: Alle Botenfirmen sind von Scotland Yard instruiert für den Fall, daß jemand dort ein Paket mit Ihrer Adresse abgeben sollte.«

Acht Uhr schlug es von den Kirchtürmen in der Nähe, aber die ›Quadrat-Jane‹ erschien nicht. Fünf Minuten später klingelte es an der Haustür, und Peter Dawes öffnete selbst.

Draußen wartete ein Telegrammbote.

Peter nahm den Umschlag und riß ihn auf. Er las das Telegramm sorgfältig, dann lachte er und schüttelte den Kopf.

»Sie hat es tatsächlich fertiggebracht!«

»Was hat sie denn telegrafiert?« fragte Tresser.

»Kommen Sie alle mit«, sagte Peter, der immer noch lachte.

Er ging in die Gemäldegalerie, wo der leere Rahmen noch an der Wand hing.

Peter ging quer durch den Saal auf eins der Fenster zu.

»Das Gemälde ist hier im Zimmer – es ist überhaupt nicht fortgekommen!«

Er zog das Rollo herunter.

Alle sahen erstaunt auf die dunkelgraue Leinwand, denn dort war das Bild aufgesteckt, und alle konnten deutlich erkennen, daß es der vermißte Romney war.

»Das hätte ich eigentlich vermuten sollen, als ich die Stecknadel sah«, erklärte Peter seinem Chef. »Sie muß sehr schnell gearbeitet haben, um das Kunststück auszuführen. Aber immerhin war es möglich, wie sie durch den Erfolg bewiesen hat. Sie hat das Bild glatt aus dem Rahmen herausgeschnitten, das Rollo heruntergezogen und das Bild einfach daraufgesteckt. Und niemandem ist es eingefallen, das Rollo herunterzuziehen und das Bild dort zu suchen.«

»Es bleibt aber immer noch die Frage offen, wer diese ›Quadrat-Jane‹ eigentlich ist«, warf der Chef ein.

»Die Aufgabe werde ich noch lösen.«

4

Mrs. Gordon Wilberforce, eine Dame in mittleren Jahren, war eine stattliche Erscheinung. Sie hatte aristokratische Gesichtszüge und schneeweißes Haar. Eigentlich war sie für das letztere noch nicht alt genug, und böse Leute erzählten auch eine Geschichte darüber, die nicht gerade sehr zu Mrs. Wilberforces Gunsten sprach.

Man sprach davon, daß sie sehr eitel war und den Schönheitssalon eines berühmten Kosmetikers aufsuchte, wo sie sich ihr Haar wieder goldblond färben lassen wollte. Aber es mußte wohl ein Fehler vorgekommen sein, denn es wurde scheckig und zeigte große grünliche und rötliche Flecken an einzelnen Stellen. Nach dieser katastrophalen Erfahrung ließ Mrs. Wilberforce sich das Haar einfach weiß bleichen.

Als sie zu ihrer Familie zurückkehrte, erklärte sie, daß ihr Haar in einer einzigen Nacht weiß geworden sei, und zwar aus Sorge um ihre Tochter Joyce. Diese junge Dame machte ihrer Mutter auch wirklich viel Kummer. Mrs. Wilberforce verstand den Charakter ihrer Tochter nämlich durchaus nicht, aber Joyce durchschaute ihre Mutter sehr gut.

Eines Morgens saßen sie in ihrem kleinen Wohnzimmer beim Frühstück. Mrs. Wilberforce schaute nachdenklich in den Hyde Park hinaus.

»Joyce«, sagte sie nach einiger Zeit, »hör gut zu, was ich dir zu sagen habe, und denk nicht wieder an andere Dinge.«

»Ja, Mutter«, erwiderte das junge Mädchen gehorsam.

»Erinnerst du dich an unser früheres Mädchen, das ich entlassen habe? Sie hieß Jane Briglow.«

»Ja, ich kann mich sehr gut auf sie besinnen. Du warst mit ihrem Auftreten außerordentlich unzufrieden.«

»Sie war zu hochmütig und glaubte wunders, wer sie sei«, entgegnete die Mutter verärgert.

Joyce unterdrückte ein Lächeln. Es war eine feststehende Tatsache, daß ihre Ansichten niemals mit den Anschauungen ihrer Mutter übereinstimmten. Stets waren die beiden entgegengesetzter Meinung, selbst wenn es sich um kleine Dinge handelte. Und ihre Mutter sprach nicht zum erstenmal mit ihr über Jane Briglow.

»Jane war ein gutes Mädchen«, sagte Joyce anerkennend. »Allerdings ein wenig romantisch veranlagt. Sie liebte sensationelle Bücher, aber sonst war sie ein sehr anständiger, ja liebenswürdiger Charakter.«

Mrs. Wilberforce warf den Kopf zurück. »Ich freue mich, daß du so über sie denkst.«

Joyce blickte schnell auf. »Warum sagst du das, Mutter?«

»Ist dir noch nicht aufgefallen, daß diese Einbrecherin, von der man in der letzten Zeit soviel in den Zeitungen liest, auch Jane heißt?«

Joyce lachte. »Der Name kommt doch häufig vor!«

»Aber sie verübt ihre Verbrechen fast immer an Leuten, die wir persönlich kennen – zum Beispiel an Lord Claythorpe.« Mrs. Wilberforce schauderte. »Ich muß ja wirklich sagen, daß du deinen Verlust sehr ruhig erträgst. Immerhin hat sie die Halskette im Wert von fünfzigtausend Pfund gestohlen, die der Lord als Geschenk für dich bestimmt hatte.«

»Die hatte er doch nur gekauft, um mir mein Opfer zu versüßen«, entgegnete Joyce ironisch.

»Ach, rede doch nicht solchen Unsinn! Wie kannst du nur von einem Opfer sprechen, wenn du den Sohn und Erben von Lord Claythorpe heiraten sollst. Und bedenke doch, daß Lord Claythorpe der beste Freund deines verstorbenen Onkels war!«

»Auf jeden Fall ist er nicht mein bester Freund«, erwiderte Joyce aufgebracht. »Wenn man mit einem jungen Mann zusammen aufgewachsen ist und ihn gewissermaßen als Bruder betrachtet, ist das noch lange kein Grund, ihn zu heiraten. Im

Gegenteil – ich bin überzeugt, daß das direkt eine Torheit wäre. Niemand kann mir Schwachheit vorwerfen, aber ich würde tatsächlich jede Selbstachtung verlieren, wenn ich mich in dieser Weise verkuppeln ließe.«

Mrs. Wilberforce schluckte ihren Ärger hinunter und zwang sich zur Ruhe.

»Aber ein Mädchen wie du, das sonst gar keine Aussichten hat, sich einmal reich zu verheiraten, sollte sich doch nicht so störrisch und widerspenstig benehmen. Meiner Meinung nach ist es absolut kurzsichtig, eine solche Heirat auszuschlagen.«

»Es handelt sich nicht darum, daß ich eine Heirat ausschlage«, erklärte Joyce nach einer ziemlich langen Pause. »Es handelt sich hier nur darum, daß ich Francis nicht heiraten mag.«

Sie ging durch das Zimmer und nahm die Fotografie eines jungen Mannes, die in einem silbernen Rahmen steckte, an sich. Es war ein Bild von Francis Claythorpe.

»Und ich bin davon überzeugt, daß ich recht habe!«

Mrs. Wilberforce schwieg.

»Außerdem möchte ich wissen, warum gerade ich nicht jemand heiraten darf, der mir sympathisch ist. Kommt dir denn gar nicht zum Bewußtsein, Mutter, daß Lord Claythorpe entsetzlich selbstsüchtig handelt, wenn er mich zu dieser Heirat zwingen will?«

»Nein, das sehe ich nicht ein«, entgegnete Mrs. Wilberforce ärgerlich. »Aber du bist so dickköpfig und eigensinnig, daß du dir deine eigene Zukunft verdirbst, sowohl gesellschaftlich als auch finanziell. Wenn Lord Claythorpe von deinem Onkel als Testamentsvollstrecker eingesetzt worden ist, kannst du doch nicht daran zweifeln, daß dein Onkel damals nur dein Bestes wollte.«

»Gewiß, der Onkel hat mir sein großes Vermögen hinterlassen, und es wäre ja auch alles sehr gut, wenn nur nicht diese eine Bestimmung in seinem Testament stünde, daß ich niemanden heiraten darf, der Lord Claythorpe nicht genehm ist. Er ist der Verwalter meines Vermögens. Mein armer alter Onkel dachte, er könne so am besten meine Interessen wahren. Er hatte ja einen geradezu kindlichen Glauben an die Ehrlichkeit des Lords, und es ist ihm niemals im Traum eingefallen, daß der seinen eigenen blödsinnigen Sohn für mich aussuchen würde.«

»Wie kannst du sagen, daß der Sohn von Lord Claythorpe blödsinnig ist!« rief Mrs. Wilberforce aufgebracht. »Das mußt du zurücknehmen. Ich gebe zwar zu, daß er nicht zu den intelligentesten Leuten gehört, aber er hat einen guten Charakter. Außerdem erhält er eines Tages den Titel ›Lord‹.«

»Soweit ich es beurteilen kann, ist das sein einziger Vorzug. Du kannst die Sache betrachten, von welcher Seite du willst, es bleibt immer dasselbe: Wenn ich Francis Claythorpe nicht heirate, verliere ich ein großes Vermögen. Unter diesen Umständen kann es sich der Lord wohl leisten, mir eine Halskette im Wert von fünfzigtausend Pfund zu schenken!«

Mrs. Wilberforce strich ihr Kleid glatt. »Die Bestimmung im Testament war sehr klug, mein liebes Kind. Du hättest sonst womöglich diesen entsetzlichen Jamieson Steele geheiratet. Wie kann man nur an einem solchen Menschen Gefallen finden! Ein ganz armer Ingenieur – und außerdem noch ein Betrüger!«

Joyce sprang erregt auf; ihre Wangen färbten sich dunkelrot. »Mutter, das darfst du nicht sagen!« erklärte sie scharf. »Jamieson hat die Unterschrift Lord Claythorpes nicht gefälscht. Der Scheck, den Jamieson erhielt, war wirklich von Lord Claythorpe unterzeichnet. Wenn der später seine eigene Unterschrift nicht anerkannte, so tat er das aus einem ganz gemeinen Grund. Er wußte, daß ich Jamieson liebte, und deshalb wollte er ihn ruinieren. Es war grausam von ihm – entsetzlich grausam!«

Mrs. Wilberforce hob protestierend die Hände. »Wir wollen nicht wieder eine Szene machen. Aber vergiß nicht, Joyce, was all das Geld für mich bedeutet. Wie viele Jahre habe ich gespart und gehungert, um dir eine gute Erziehung zuteil werden zu lassen, damit du später einmal eine Stellung in der Gesellschaft einnehmen kannst. Vielleicht war die Versuchung für Jamieson zu groß.«

»Aber ich sage dir doch, daß er es nicht getan hat!« rief Joyce empört. »Lord Claythorpe hat die Beschuldigung gegen ihn nur erhoben, um ihn aus dem Weg zu schaffen und einen Grund zu haben, mir die Heirat mit ihm abzuschlagen.«

Mrs. Wilberforce zuckte die Schultern. »Es hat keinen Zweck, die Frage noch weiter zu erörtern. Am besten ist es, wir vergessen das alles. Jamieson ist von der Bildfläche verschwunden, und ich hoffe nur, daß er ein neues, ehrliches Leben in den Kolonien begonnen hat.«

Joyce trat ans Fenster und sah hinaus. Sie wußte nur zu gut, daß es sinnlos war, mit ihrer Mutter darüber zu reden. Deshalb wechselte sie das Thema.

»Warum hast du vorhin eigentlich über Jane Briglow gesprochen? Hast du sie vielleicht in der Stadt getroffen?«

Die Mutter schüttelte den Kopf. »Nein, das nicht, aber in der letzten Nacht habe ich lange nachgedacht, und bin zu der Überzeugung gekommen, daß Jane mit diesen Verbrechen in Verbindung stehen muß. Nach all den Beschreibungen, die ich von der ›Quadrat-Jane‹ gelesen habe, muß ich zu dem Schluß kommen, daß sie die Einbrecherin ist.«

Joyce lachte und fragte sarkastisch: »Meinst du vielleicht auch, daß Jamieson mit ihr im Bunde ist?«

Mrs. Wilberforce biß sich auf die Lippen. »Joyce, du hast eine sehr scharfe Zunge. Mir tut der arme Francis Claythorpe leid.«

Das Mädchen sah wieder in den Park hinaus, während Mrs. Wilberforce sie ängstlich betrachtete.

»Joyce, du bist ein merkwürdiges Mädchen. Morgen soll deine Hochzeit stattfinden, morgen erhältst du ein großes Vermögen und wirst unendlich reich, aber du machst so ein trauriges Gesicht, daß man annehmen könnte, es ginge mit dir zu Ende.«

In diesem Augenblick kam das Dienstmädchen.

»Lord Claythorpe und der junge Mr. Claythorpe«, meldete es.

Mrs. Wilberforce erhob sich mit einem strahlenden Lächeln.

Der junge Mann, der dem Lord ins Zimmer folgte, war groß und schlank. Aber er hatte einen etwas kleinen Kopf, und seine Gesichtszüge verrieten eine gewisse Charakterschwäche. Er sah auch nicht besonders vorteilhaft aus. Und wenn Joyce schon kein vergnügtes Gesicht machte, so freute sich Mr. Claythorpe noch weniger auf seine morgige Hochzeit.

Er reichte Mrs. Wilberforce lahm die Hand und ging dann zu Joyce hinüber.

»Es ist wirklich Pech«, begann er mit seiner hohen Stimme, »daß die Perlen gestohlen wurden. Was sagst du dazu?«

Joyce sah ihn nachdenklich an, ging aber nicht auf seine Frage ein.

»Nun, wie fühlst du dich, wenn du daran denkst, daß wir morgen heiraten werden, Francis?« fragte sie statt dessen zurück.

Er zuckte die Achseln. »Ach, ich weiß nicht recht«, erwiderte er unbestimmt, »Für mich bedeutet es keinen großen Unterschied. Natürlich muß ich vielen Leuten erklären, warum ich das getan habe, und es wird viele gebrochene Herzen und auch enttäuschte Hoffnungen geben.«

Sie hätte laut auflachen mögen, aber sie blieb äußerlich vollkommen ernst und ruhig.

»Natürlich«, erwiderte sie. »Ich glaube auch, daß viele hübsche junge Damen neidisch waren, als ich mich mit dir verlobte. Aber es können ja nicht alle eine so gute Partie machen.«

»Du hast mich vollkommen verstanden«, entgegnete Mr. Claythorpe, dann lachte er kindisch und faßte nach seiner Brieftasche.

Er hatte keine geringe Meinung vom Wert seiner Persönlichkeit und hielt sich für einen Don Juan.

»Am interessantesten ist die Tatsache, daß nicht nur junge Damen, die ich kenne, mit meiner Verheiratung unzufrieden sind, sondern auch Mädchen, die ich längst vergessen habe. – Du erlaubst doch, daß ich dir einmal einen Brief zeige?« fragte er geheimnisvoll.

Sie nickte. Er zog einen stark parfümierten Brief aus seiner Brieftasche, entfaltete das dicke Büttenpapier und las leise vor:

»Soeben habe ich die furchtbare Nachricht in der Zeitung gelesen, daß Du morgen heiraten wirst. Willst Du mich nicht noch einmal, ein einziges Mal, wiedersehen in Erinnerung an den schönen Tag, der längst vergangen ist? Ich muß Dich sehen, bevor Du heiratest, ich muß persönlich von Dir Abschied nehmen. Glaube mir, ich werde Dich ganz bestimmt nie wieder belästigen.

Damals hast Du mir gesagt, wie schön ich sei. Willst Du mich nicht noch ein letztes Mal sehen? Wenn Du dazu bereit bist, dann setze eine entsprechende Anzeige unter der Rubrik ›Persönliches‹ in die ›Times‹. Ich treffe Dich dann morgen abend um neun am Albert Gate im Regent's Park.«

»Das wäre also heute«, erklärte Claythorpe stolz.

»Wer hat denn den Brief geschrieben?« fragte Joyce.

»Das mag der Himmel wissen.« Mr. Claythorpe grinste vergnügt. »Natürlich, mein Liebling, muß ich sie sehen. Ich habe die Anzeige in die ›Times‹ einrücken lassen. Du hast doch nichts dagegen?«

Sie schüttelte den Kopf.

»Ich habe es meinem Vater nicht gesagt«, fuhr der junge Mann fort, »und ich möchte auch nicht, daß du ihm etwas darüber mitteilst. Er ist in diesen Dingen ein wenig altmodisch und nicht so großzügig wie du, Joyce. Erwähne um Himmels willen auch Maggerley gegenüber nichts. Du weißt ja, was für ein Stockfisch er ist!«

»Ach ja, ich weiß. Wir werden heute mittag ja mit ihm speisen.«

»Ich persönlich halte es nicht für richtig, daß Bräutigam und Braut mit dem Mann, der sie trauen soll, am Tag vorher speisen, aber mein Vater ist sehr darauf aus, mit dem Pastor gut zu stehen, und hat ihn auch für heute abend zu uns gebeten. Hoffentlich nimmt Maggerley mich dann nicht beiseite und gibt mir gute Lehren. Das würde ich nicht ertragen!«

Er richtete sich auf und warf sich in die Brust. Joyce biß sich auf die Lippen, um nicht lachen zu müssen.

Kurz darauf ging sie auf ihr Zimmer und kam nicht wieder zum Vorschein, bis das Auto vor der Tür hielt, das sie zum ›Ciro‹ bringen sollte.

Pastor Maggerley war bereits da; er war ein großer, stattlicher Mann, und man sagte von ihm, daß er die Pflichten seines Amtes außerordentlich ernst nehme.

Bei Tisch kam die Unterhaltung wie von ungefähr auf die ›Quadrat-Jane‹. Lord Claythorpe interessierte sich außerordentlich für dieses Thema und hörte Mrs. Wilberforce zu, die allerhand Theorien über die Person der Verbrecherin aufstellte.

»Früher oder später wird die Polizei sie doch verhaften«, sagte er. »In dem Punkt können Sie sicher sein.«

Francis schäumte über vor Lustigkeit. Joyce hatte ihn am Morgen unterbrochen, als er ihr von seinem romantischen Abenteuer erzählte, und nun bei Tisch stellte sich heraus, daß er darüber auch anderen gegenüber nicht geschwiegen hatte. Außerdem erzählte er, daß er ihren Trauring stets bei sich trage; er holte das kleine Etui heraus und zeigte den schmalen Platinreif. Aber auf Joyce machte das wenig Eindruck. Nachdem er lange über seinen guten Geschmack in der Wahl von Schmuckstücken gesprochen hatte, kam er auf andere Dinge.

Trotz allem gab es auch für Joyce während des Essens manches Interessante zu hören, denn immer wieder kehrte die Unterhaltung zur ›Quadrat-Jane‹ zurück. Wie Joyce schon am Morgen ihrer Mutter gegenüber geäußert hatte, hegte sie eine gewisse Sympathie für diese junge Dame, weil sie verschiedenen Leuten geschadet hatte, die auch Joyce nicht leiden konnte.

Am Abend machte sich der liebesdurstige Francis auf den Weg, um seine unbekannte Verehrerin zu treffen, und kam daher auch etwas zu spät zum Essen nach Hause.

Er war noch ganz aufgeregt von seinem Erlebnis und mußte sofort alles erzählen, was sich zugetragen hatte.

»Hast du sie überhaupt wiedererkannt?« fragte Lord Claythorpe vorwurfsvoll.

»Nein, ich konnte ihr Gesicht nicht sehen, denn sie trug einen dichten Schleier. Sie saß in einem Wagen und winkte mir. Ich stieg ein und hatte eine kurze Unterhaltung mit ihr, dann legte sie ihre Arme um meinen Hals, zog mich an sich und sagte: ›Ich kann es nicht mehr länger ertragen, Francis. Geh jetzt!‹«

»Das ist aber merkwürdig«, meinte Pastor Maggerley nachdenklich. »So etwas habe ich noch nicht gehört. Das arme Mädchen! Vielleicht wird sie nun den Rest ihres Lebens in Abgeschiedenheit von der Welt verbringen.«

»Es war nicht recht von dir, daß du das getan hast«, erklärte Lord Claythorpe scharf. »Eine junge Dame zu treffen, die du nicht kanntest! Francis, ich bin erstaunt über dich, besonders, da es der Vorabend deiner Hochzeit ist!«

Auf Pastor Maggerley hatte die Erzählung größeren Eindruck gemacht als auf alle anderen, und auf dem Heimweg überlegte er, ob er diesen Vorfall für eine spätere Predigt auswerten könnte.

Zu Hause wurde er von seiner Wirtschafterin empfangen.

»Schwester Agatha wartet auf Sie im Arbeitszimmer«, sagte sie mit leiser Stimme.

»Schwester Agatha? Ich kann mich nicht auf sie besinnen.«

Das war weiter nicht verwunderlich, denn es gab viele Schwestern bei den verschiedenen religiösen Gesellschaften, mit denen Pastor Maggerley zu tun hatte, und es wäre unmöglich gewesen, sich an alle Namen zu erinnern.

Er ging in sein Arbeitszimmer und wunderte sich, welche dringende Angelegenheit wohl eine Krankenschwester zu so ungewöhnlicher Abendstunde noch in sein Haus führen mochte. Das Licht brannte im Zimmer, aber Schwester Agatha war nicht dort.

Er rief die Wirtschafterin, und diese wunderte sich ebenso wie er.

»Aber ich habe sie doch hereingeführt, und ich war dauernd in der Diele! Sie konnte das Haus unmöglich verlassen, ohne daß ich es gemerkt hätte!«

»Das ändert aber nichts an der Tatsache, daß sie nicht mehr hier ist. Ich fürchte, Mrs. Jenkins, Sie haben geträumt.«

Plötzlich kam Maggerley ein Gedanke. Er überprüfte das ganze Zimmer, aber dann war er beruhigt, denn nicht das geringste war entwendet worden. Schließlich dachte er nicht mehr an Schwester Agatha und ging zu Bett.

*

Die Hochzeit von Mr. Francis Claythorpe mit Miss Joyce Wilberforce war eins der großen gesellschaftlichen Ereignisse. Die große Säulenhalle vor dem Hauptportal von St. Giles wimmelte von Mitgliedern der Gesellschaft. Die Braut sah blaß aus, als sie mit ihrer Mutter zur Kirche kam. Am Portal wurde sie von dem etwas unglücklich aussehenden Bräutigam und Lord Claythorpe empfangen, der kein Hehl aus seiner guten Stimmung machte. Der heutige Tag war für ihn ein Höhepunkt, denn er brachte die Erfüllung eines lang gehegten Planes.

Auch der Brief auf grauem Papier, den er in der Tasche trug, konnte seine gute Laune nicht stören. Beim Frühstück hatte er das Schreiben erhalten, das die übliche Unterschrift der ›Quadrat-Jane‹ zeigte. Die Mitteilung lautete:

Sie sind ein gemeiner, geldgieriger Charakter, Lord Claythorpe. Heute wollen Sie das Glück eines jungen Mädchens opfern, um ihr Vermögen an sich zu reißen, obwohl die Güter Ihrer Familie über und über verschuldet sind und Sie nahe vor dem Bankrott stehen. Sie haben das Vertrauen enttäuscht, das Ihr verstorbener Freund in Sie setzte, denn es ist Ihnen nur darum zu tun, sich schnöde zu bereichern. Aber ich warne Sie!

Francis Claythorpe trat vor, um seine Braut zu empfangen, und ganz gegen die Gewohnheit ging er mit ihr das Seitenschiff entlang bis zum Altar. Als das Brautpaar Platz genommen hatte, erschien Pastor Maggerley durch eine Seitentür aus der Sakristei.

»Wo hast du den Ring, Francis?« fragte Lord Claythorpe leise.

Sein Sohn nahm das Etui aus der Tasche, öffnete es und sah verwundert darauf.

»Der Ring ist fort«, sagte er so laut, daß alle Leute in den nächsten Kirchenbänken es hören konnten.

Lord Claythorpe fluchte nicht, aber er gebrauchte seinem Sohn gegenüber einen unzweideutigen kräftigen Ausdruck.

Mrs. Wilberforce rettete durch ihre Geistesgegenwart die peinliche Situation. Sie zog ihren eigenen Trauring ab und reichte ihn ihrem Schwiegersohn, während Joyce die Vorgänge mit einem gleichgültigen Lächeln verfolgte.

Als der junge Claythorpe den Ring an sich nahm, öffnete sich die Sakristeitür, und jemand winkte dem Geistlichen. Pastor Maggerley runzelte die Stirn über diese unerwartete Unterbrechung, ging zur Sakristei und verschwand durch die Tür. Er blieb einige Zeit fort, so daß sich die Anwesenden wunderten. Als er wieder heraustrat, bat er Lord Claythorpe zu sich.

Dieser ging in die Sakristei und sah sich dort einer unangenehmen Situation gegenüber.

Auf dem Tisch lag ein großes braunes Kuvert mit der Aufschrift: ›Heiratserlaubnisschein für Mr. Francis Claythorpe und Miss Joyce Wilberforce.‹

»Es tut mir unendlich leid«, sagte der Pastor aufgeregt und zeigte auf den Umschlag. »Es ist etwas Unerklärliches geschehen.«

»Worum handelt es sich denn?« fragte Claythorpe entrüstet.

»Diese Heiratserlaubnis –«, begann der Pastor.

»Ich habe Ihnen den Schein vorgestern ausgehändigt«, unterbrach der Lord den Geistlichen. »Es ist doch alles damit in Ordnung. Oder stimmt etwas nicht?«

Der Pastor konnte nicht sofort antworten, er war im Augenblick zu aufgeregt.

»Ich hatte das Dokument in meinem Arbeitszimmer im Schreibtisch aufbewahrt. Ich kann es gar nicht verstehen – außer mir und meiner Wirtschafterin hat niemand Zutritt, und trotzdem ist es geschehen!«

»Was gibt es denn?« fragte Mrs. Wilberforce, die auch eingetreten war. »So sagen Sie es mir doch!«

Statt jeder Antwort nahm der Pastor ein Stück Papier aus dem braunen Umschlag, faltete es auseinander und reichte es Lord Claythorpe.

»Das ist alles, was in dem Kuvert steckte.«

Der Lord murmelte wütend etwas vor sich hin, denn statt des erwarteten Dokumentes sah er einen Zettel mit vier Quadraten und einem J.

»Das ist wieder so eine Gemeinheit dieser Person«, sagte er leise. »Ich möchte nur wissen, wie es ihr gelungen ist, an das Dokument heranzukommen.«

58

Pastor Maggerley schüttelte den Kopf. »Ich kann es nicht begreifen.«

Aber dann erinnerte er sich plötzlich an Schwester Agatha, die so unerwartet im Pfarrhaus erschienen war, sich über eine Stunde in seinem Arbeitszimmer aufgehalten hatte und dann verschwunden war.

Es blieb nichts anderes übrig: Schwester Agatha mußte diese ›Quadrat-Jane‹ gewesen sein!

5

Peter Dawes saß in seinem Büro in Scotland Yard. Lord Claythorpe war bei ihm, und die beiden hielten eine Beratung ab.

Der Chefinspektor hatte einen kleinen Block vor sich liegen, auf dem er von Zeit zu Zeit etwas notierte. Er hatte die Stirn gerunzelt, denn die Besprechung ging nicht so vonstatten, wie er es gewünscht haben mochte.

»Die ganze Sache war ein gemeines Attentat dieser Person gegen mich, meinen Sohn und meine Nichte.«

»Ist denn Miss Joyce Wilberforce Ihre Nichte?«

Lord Claythorpe zögerte.

»Nun, sie ist nicht direkt meine Nichte«, erwiderte er schließlich, »aber sie ist die Nichte eines meiner besten Freunde, eines außerordentlich reichen Mannes. Als er starb, hinterließ er ihr sein großes Vermögen.«

Peter Dawes nickte. »Und welches Interesse haben Sie daran?«

»Ich bin ihr gesetzlicher Vormund. Sie hat zwar noch ihre Mutter, aber ich bin der alleinige Testamentsvollstrecker und verwalte das große Vermögen für sie. Das Testament enthält nun aber einige Bestimmungen, die mir gewisse Vollmachten geben. Im allgemeinen hat ein Vormund allerdings nicht –«

»Sie meinen, daß Sie auch das Recht haben, bei der Wahl des Ehegatten Ihres Mündels ein Wort mitzusprechen«, sagte der Chefinspektor ruhig.

Jetzt runzelte Lord Claythorpe die Stirn. »Sie kennen den Inhalt des Testaments? Ja, ich habe das Recht dazu, und aus diesem Grund wählte ich meinen Sohn Francis als den besten jungen Mann, den ich kannte. Und Mrs. Wilberforce war mit meiner Wahl einverstanden.«

»Ich bin im Bilde«, erwiderte Peter Dawes höflich und sah auf seine Notizen. »Soweit ich informiert bin, hat diese geheimnisvolle Person, die wir so eifrig suchen und die nach Meinung von Mrs. Wilberforce mit deren früheren Hausgehilfin Jane Briglow identisch ist, erfolgreiche Versuche gemacht, sich Teile Ihres Vermögens anzueignen. Der Höhepunkt ihrer Kühnheit aber war es wohl, daß sie Ihrem Sohn den Trauring stahl und bei dem Pastor einbrach, um den Heiratserlaubnisschein zu entwenden.«

»Sie haben vollkommen recht.«

»Und was wird nun mit der Trauung? Es macht doch sicher keinerlei Schwierigkeiten, einen neuen Erlaubnisschein zu beschaffen.«

Lord Claythorpe berührte diese direkte Frage unangenehm, und er warf den Kopf zurück. »Die junge Dame ist durch die beschämenden Ereignisse in der Kirche völlig zusammengebrochen. Am folgenden Morgen war sie so nervös, daß ihre Mutter sie zu einer Freundin aufs Land schicken mußte. Die Eheschließung ist daher um etwa einen Monat verschoben worden.«

»Ich habe noch eine andere Frage an Sie zu richten, Mylord. Sie haben vorhin gesagt, daß Sie außer Jane Briglow noch einen jungen Mann verdächtigen, einen gewissen Jamieson Steele, der früher mit Miss Joyce Wilberforce verlobt war?«

»Der ist geflohen«, entgegnete der Lord nachdrücklich. »Ich möchte nur wissen, warum es der Polizei bisher nicht gelungen ist, ihn dingfest zu machen. Der Mann hat doch meine Unterschrift gefälscht.«

»Die Einzelheiten sind mir durchaus bekannt. Ich habe mir die Akten kommen lassen und sie genau durchstudiert. Der junge Mann ist wohl, wie Sie eben sagten, flüchtig, weil ein Verfahren gegen ihn schwebt. Aber es war eine große Torheit von ihm, daß er durchgebrannt ist. Die Polizei besitzt nicht genügend Beweismaterial gegen ihn, um ihn vor Gericht zu stellen. Ich vermute, daß Sie das auch wissen?«

Der Lord wußte es nicht und schimpfte wieder auf die Polizei, die seiner Meinung nach den Fall viel zu oberflächlich behandelte.

Kurz darauf verabschiedete er sich.

Peter Dawes ging zu dem Beamten, der den Fall Jamieson Steele bearbeitet hatte.

»Nein«, sagte der, »wir haben kein Bild von Mr. Steele, aber er war ein ruhiger junger Mann. Wenn ich mich nicht sehr irre, war er bei einer der Gesellschaften Lord Claythorpes als Ingenieur angestellt.«

Peter Dawes sah seinen Kollegen nachdenklich an. Es war Inspektor Passmore, der ein fabelhaftes Gedächtnis besaß, nicht allein für Verbrecher, sondern auch für Leute, die die Polizei bisher nicht fassen konnte und die nach außen hin ein untadeliges Leben führten.

»Welche Stellung nimmt Lord Claythorpe eigentlich unter den wohlhabenden Leuten ein, die nicht zu arbeiten brauchen?«

Inspektor Passmore strich sein Kinn. »Da irren Sie sich, der Lord ist weder reich oder wohlhabend, noch bringt er seine Tage mit Nichtstun zu. Im Gegenteil, Claythorpe ist ein verhältnismäßig armer Mann. Der größte Teil seines Einkommens besteht aus Aufsichtsratstantiemen. In der letzten Zeit hat er schwer gespielt, und bei der letzten Baisse in Petroleumaktien hat er einen großen Teil seines Vermögens verloren.«

»Ist er verheiratet?« fragte Peter.

Sein Kollege nickte. »Er hat eine ziemlich unbedeutende Frau, die noch niemand auf Gesellschaften getroffen zu haben scheint, aber sie verkehrt regelmäßig bei Mr. Grandman.«

»Wissen Sie etwas über das Vermögen von Miss Joyce Wilberforce?« fragte Dawes weiter.

»Es beträgt zweihundertfünfzigtausend Pfund und wird ausschließlich von Lord Claythorpe verwaltet. Der verstorbene Onkel, der ihr das Geld hinterließ, hatte große Hochachtung vor dem Lord. Meiner Meinung nach war es aber absolut nicht richtig von ihm, das Vermögen des jungen Mädchens diesem Mann anzuvertrauen. Er muß am Ende seines Lebens nicht mehr ganz normal gewesen sein.«

Die Blicke der beiden trafen sich.

»Ist Claythorpe ein Verbrecher?« fragte Dawes geradezu.

Der Inspektor zuckte die Schultern. »Das mag der Himmel

61

wissen. Merkwürdig ist jedenfalls seine Verbindung mit der ›Quadrat-Jane‹.«

Peter sah ihn erstaunt an. »Was meinen Sie damit?«

»Nun, sehen Sie denn nicht, daß sich all die Verbrechen, die sie begeht, gegen Claythorpe richten?«

»Darüber hatte ich mir meine eigene Meinung gebildet«, entgegnete Peter langsam. »Ich dachte bis jetzt, daß die ›Quadrat-Jane‹ eine Dame der Gesellschaft sei, die nur stiehlt, um den übermäßig Reichen das Geld abzunehmen und es den Armen zukommen zu lassen.«

Der Inspektor lächelte. »Das folgern Sie aus der Tatsache, daß sie den Erlös aus ihren Einbrüchen gemeinnützigen Anstalten wie Waisenhäusern und Kliniken zur Verfügung stellt. Wenn Sie es jedoch genauer betrachten, sind es nur die Erlöse aus ihren Juwelendiebstählen, die sie der Allgemeinheit wieder zugänglich macht. Aber Sie haben niemals gehört, daß sie bares Geld, das in ihre Hände fiel, für irgendeinen wohltätigen Zweck zurückgegeben hätte.«

»Ich kann mich auf solche Fälle jedenfalls nicht besinnen«, sagte Peter.

»Insbesondere nicht, wenn es sich um Claythorpes Geld handelte«, erklärte der Inspektor. »Und wenn er es nicht selbst ist, dann dreht es sich um einen seiner Freunde, der eine ebenso dunkle Vergangenheit hat wie der Lord selbst. Ich habe von dieser ›Quadrat-Jane‹ tatsächlich den Eindruck, daß sie mit ihren vielen Diebstählen einen ganz bestimmten Zweck verfolgt. Vielleicht sucht sie etwas, möglicherweise Geld. Auf jeden Fall habe ich beobachtet, daß sie bares Geld für sich zurückbehält, wenn es ihr in die Hände fällt.«

»Und wie erklären Sie sich das alles?«

»Meiner Meinung nach haben die ›Quadrat-Jane‹ und Claythorpe früher zusammen ein verbrecherisches Unternehmen durchgeführt. Dabei hat er sie betrogen, und jetzt rächt sie sich dafür.«

Lord Claythorpe hatte ein Büro in der City, aber seine meisten Geschäfte wurden in einem kleinen Raum in der St. James Street erledigt. Der einzige Angestellte dort war sein vertrauter Sekretär Donald Remington, ein etwas unwirscher und unzufriedener, aber schweigsamer Mann von etwa fünfzig Jahren, der weit mehr von den Geschäften des Lords wußte, als dieser ahnte.

Nach seiner Unterredung mit Chefinspektor Dawes fuhr Lord Claythorpe in sein Büro in der St. James Street. Das Büro lag im ersten Stock über einem Ladengeschäft.

Lord Claythorpe war sehr nachdenklich, als er die Treppe hinaufging.

Remington erhob sich schweigend, als sein Chef eintrat, und dieser setzte sich in den Sessel hinter dem zweiten Schreibtisch. Volle drei Minuten sprach keiner der beiden.

»Was wollte denn der Chefinspektor von Mylord?« fragte Remington dann.

»Er wollte verschiedenes über dieses niederträchtige Weibsbild wissen«, entgegnete der Lord kurz und gereizt.

»Ach, Sie meinen die ›Quadrat-Jane‹. Hat er sonst keine Fragen gestellt?«

Es war merkwürdig, in welch familiärem Ton Remington sprach, obwohl er Claythorpe gegenüber nach außen hin respektvoll blieb.

Der Lord nickte. »Er wollte sich auch noch über das Vermögen von Miss Wilberforce informieren.«

Wieder folgte ein Moment des Schweigens.

»Ich glaube, Sie werden froh sein, wenn die Hochzeit erst vorüber ist«, meinte Remington schließlich.

Er hatte mit so eigentümlicher Betonung gesprochen, daß Claythorpe aufschaute.

»Selbstverständlich werde ich mich freuen, wenn ich das erreicht habe«, erwiderte er scharf. »Haben Sie übrigens die Anordnungen getroffen?«

Remington nickte, dann fragte er: »Aber halten Sie diese Dispositionen auch wirklich für richtig? Nach meiner Ansicht würden die Papiere besser in der Stahlkammer der Bank bleiben, besonders angesichts der lebhaften Tätigkeit dieser ›Quadrat-Jane‹.«

»Nein, ich habe anders verfügt«, entgegnete Claythorpe heftig. »Führen Sie meine Anweisungen genau aus. Zum Teufel, was fällt Ihnen eigentlich ein, meine Entscheidungen zu kritisieren?«

Remington zog die Augenbrauen fast unmerklich hoch. »Das lag durchaus nicht in meiner Absicht, Mylord. Ich wollte Ihnen nur raten –«

»Ich brauche Ihre Ratschläge nicht. Also – haben Sie der Bank mitgeteilt, daß ich die Wertpapiere anderweitig an einem sicheren Ort aufbewahren will?«

»Jawohl. Der Direktor hat veranlaßt, daß die Stahlkassette mit Inhalt heute nachmittag hier abgeliefert wird. Sein Stellvertreter und ein Kassierer bringen sie her.«

»Gut, dann kommt sie morgen auf meinen Landsitz und wird dort aufbewahrt.«

Remington schwieg.

»Sie halten meine Anordnungen also für unklug?« fragte Lord Claythorpe und sah seinen Angestellten böse an. »Ich sehe, daß Sie sich auch vor dieser ›Quadrat-Jane‹ fürchten.«

»Nein, ich nicht«, erwiderte Remington schnell. »Wann soll denn die Trauung stattfinden?«

»In einem Monat«, entgegnete der Lord leichthin. »Sie fragen wahrscheinlich deshalb danach, weil Sie an Ihren Bonus denken?«

Remington feuchtete die trockenen Lippen an. »Ich dachte vor allem an die Summe von viertausend Pfund, die Mylord mir schulden und auf die ich die letzten beiden Jahre so geduldig gewartet habe. Ich bin müde und möchte nicht länger hier im Büro arbeiten. Schließlich will ich auch noch etwas vom Leben haben. Ich werde immer älter, und bald wird es zu spät für mich sein. Ich brauche dringend eine Luftveränderung.«

Lord Claythorpe malte mit einem Bleistift Figuren auf die Schreibunterlage.

»Wieviel schulde ich Ihnen eigentlich alles in allem, einschließlich des Bonus, den ich Ihnen für Ihre Hilfe versprach?«

»Nahezu zehntausend Pfund.«

»Das ist allerdings eine ziemlich hohe Summe. Aber Sie können sich darauf verlassen, daß Sie das Geld in dem Augenblick erhalten, in dem mein Sohn heiratet. Ich habe in der letzten Zeit große Ausgaben gehabt, Remington. Es hat viel Geld gekostet, die Perlenkette zurückzubekommen.«

»Meinen Sie das Armband?« fragte Remington schnell. »Ich wußte gar nicht, daß Sie auch die Perlenkette zurückerhalten haben.«

»Ganz gleich – ich habe eine Anzeige in die Zeitung gesetzt, um es wiederzuerhalten«, wich Claythorpe aus.

»Sie haben keine feste Belohnung genannt, das war sehr klug von Ihnen.«

»Warum?«

»Die Perlen waren nicht echt«, entgegnete Remington kühl. Das Halsband, das angeblich fünfzigtausend Pfund gekostet haben sollte, war nämlich in Wirklichkeit keine fünfzig Pfund wert.

»Ruhe! Um Himmels willen, sprechen Sie doch nicht so laut!« Claythorpe wischte sich die Stirn mit dem Taschentuch. »Sie scheinen ja verteufelt viel zu wissen.« Er sah Remington argwöhnisch an. »In manchen Augenblicken kommt mir zum Bewußtsein, daß Sie viel zuviel wissen für meine Sicherheit.«

Remington lächelte zum erstenmal, aber es war ein grimmiges, hartes Lächeln, das seine hageren Züge nur noch finsterer erscheinen ließ.

»Das ist um so mehr Grund, Mylord, mich so bald wie möglich abzufinden und loszuwerden. Ich habe keinen großen Ehrgeiz. Mein Lebensziel besteht darin, mir ein kleines Haus in Cornwall zu kaufen, wo ich angeln und reiten und mir mit ein wenig Sport die Zeit vertreiben kann.«

Der Lord erhob sich schnell und zog den Rock aus, um sich in der kleinen Toilette die Hände zu waschen.

»Es ist schon ziemlich spät geworden. Ich hatte ganz vergessen, daß ich eine Verabredung zum Essen habe. Ihr Wunsch soll in Erfüllung gehen, Remington, da können Sie unbesorgt sein«, erklärte er, als er durch die Tür trat.

»Das hoffe ich auch.«

Remington sah zu Boden. Als der Lord den Rock ausgezogen hatte, war ein Brief aus seiner Tasche gefallen. Remington bückte sich und hob ihn auf. Er sah nach Poststempel und Handschrift und erkannte, daß er von Mrs. Wilberforce war. Im gleichen Augenblick hörte er, daß der Lord den Wasserhahn aufdrehte und eine Melodie summte. Ohne zu zögern, nahm er das Schreiben heraus und las es.

Mein lieber Lord Claythorpe,
Joyce läßt sich in bezug auf die Hochzeit nicht zureden. Ich kann nichts mit ihr anfangen. Sie besteht darauf, daß die Hochzeit erst in zwölf Monaten stattfinden soll . . .

Er steckte den Brief wieder in den Umschlag und diesen in die innere Rocktasche.

Der Lord wußte also sehr wohl, daß die Hochzeit seines Sohnes erst in zwölf Monaten stattfinden konnte, und hatte ihn eben belogen. Wahrscheinlich hatte er auch guten Grund dazu.

Kurz darauf kam Claythorpe wieder und trocknete seine Hände ab. Er schien wirklich in guter Stimmung zu sein, denn er summte immer noch vergnügt vor sich hin. Remington schaute durchs Fenster.

»Um halb drei komme ich zurück«, sagte der Lord und sah oberflächlich einen Stoß Briefe durch, der auf seinem Schreibtisch lag. »Wahrscheinlich sind dann die Leute von der Bank auch hier.«

Remington nickte. »Ich muß Ihnen aber doch noch einmal sagen, Mylord, daß ich sehr beunruhigt bin. Die Wertpapiere von Miss Joyce sind doch auf der Bank viel sicherer als hier im Büro und auf Ihrem Landsitz.«

»Reden Sie nicht solchen Unsinn! Ich weiß schon, wie ich mit der ›Quadrat-Jane‹ fertig werde. Außerdem werde ich die Papiere versichern lassen. Die ›Quadrat-Jane‹ ist übrigens viel zu klug, um derartige auf den Inhaber lautende Wertpapiere zu stehlen. Damit kann sie doch nichts anfangen.«

»Aber wenn diese Papiere nun trotzdem verschwinden?« fuhr Remington hartnäckig fort. »Es ist möglich, daß die ›Quadrat-Jane‹ nichts damit anfangen kann, andererseits würde es aber für Sie und Miss Joyce einen großen Verlust bedeuten. Es wäre doch geradezu eine Katastrophe für Miss Wilberforce.«

»Machen Sie sich nur keine Sorgen. Weder die ›Quadrat-Jane‹ noch ihr Verbündeter, Mr. Jamieson Steele –«

»Wie kommen Sie auf Jamieson Steele? Was hat denn der mit der Sache zu tun?«

Lord Claythorpe lachte. »Das ist allerdings nur eine Vermutung von mir, aber ich glaube, daß die Polizei dasselbe denkt wie ich – nämlich, daß Jamieson Steele der Verbündete der ›Quadrat-Jane‹ ist, der sie bei all ihren Beutezügen und Räubereien unterstützt.«

»Das glaube ich nicht.«

Lord Claythorpe war bereits zur Tür gegangen und hatte die Hand schon auf der Klinke. Als er Remingtons letzte Äußerung hörte, drehte er sich jedoch noch einmal um.

»Dann glauben Sie wahrscheinlich auch nicht, daß er meinen Namen auf dem Scheck gefälscht hat? Und dabei geschah das hier in diesem Büro!«

»Das glaube ich allerdings nicht«, erklärte Remington fest. »Ich weiß nur zu genau, daß die ganze Geschichte aus der Luft gegriffen und erfunden ist.«

Claythorpe wurde rot. »Das sind häßliche Worte, die Sie da mir gegenüber gebrauchen. Je eher Sie fortkommen, desto besser.«

»Ich bin vollkommen Ihrer Meinung, Mylord.«

Remington lächelte, als der Chef erregt die Tür ins Schloß warf.

Als Claythorpe zurückkam, war er in besserer und freundlicherer Stimmung und begrüßte liebenswürdig die beiden Bankbeamten, die auf ihn warteten. Auf dem großen Schreibtisch stand die schwarzlackierte Kassette. Die Übergabe der versiegelten Pakete, die sie enthielt, dauerte nicht lange. Lord Claythorpe nahm eine Liste zur Hand und verglich die einzelnen Pakete; dann unterzeichnete er eine vorbereitete Quittung.

»Wollen Mylord nicht die Siegel aufbrechen, um nachzusehen, ob der Inhalt auch vollständig ist?« fragte der stellvertretende Direktor. »Wir sind zwar nicht verantwortlich für den Inhalt, aber es würde für uns doch eine gewisse Beruhigung sein. Sicher ist es auch Ihnen angenehm, Mylord, wenn der Inhalt in Gegenwart von Zeugen festgestellt wird.«

»Ach, das ist nicht nötig«, sagte Claythorpe und machte eine abwehrende Handbewegung. »Ich lege die Pakete wieder in die Kassette und stelle diese in meinen Safe.«

In Gegenwart der Bankbeamten schloß er den schweren Kasten in einen altmodischen Geldschrank. Die Beamten waren nicht gerade sehr befriedigt von dieser Sorglosigkeit.

»Der Geldschrank scheint aber nicht sehr sicher zu sein«, bemerkte der eine. »Ich wünschte nur, daß Mylord –«

»Ich wünschte nur, daß Sie sich um Ihre eigenen Geschäfte kümmerten«, erwiderte Claythorpe ironisch.

Ärgerlich verließen die beiden Beamten das Büro.

Um sechs Uhr nachmittags vollendete Claythorpe die Arbeiten, mit denen er sich bis dahin beschäftigt hatte, verschloß seinen Schreibtisch, untersuchte noch einmal den Geldschrank und nahm seinen Hut. Als er durchs Fenster sah, bemerkte er, daß sein Auto unten auf der Straße im Regen wartete.

»Wohin gehen Sie von hier aus, Remington?« fragte er. »Ich kann Sie in meinem Wagen bis zur Park Lane mitnehmen.«

»Nein, ich danke Ihnen, Mylord«, erwiderte Remington, der seinen Regenmantel anzog. »Ich fahre mit der Untergrundbahn, ich habe es nicht weit.«

Beide gingen zusammen hinaus, und Remington schloß die Tür ab.

Er schaltete noch die Alarmvorrichtung ein, die mit einer lauten Klingel außerhalb des Hauses in Verbindung stand. An der Haustür tat er das gleiche.

»Also, ich erwarte Sie morgen früh um neun. Gute Nacht, Remington.«

Der Regen wurde heftiger, je später es wurde. Ein wütender Südweststurm fegte über London hin. Die Straßen leerten sich mehr und mehr.

Ein Polizeibeamter hatte gerade gegenüber von Claythorps Büro in einem Hausflur Posten bezogen, und als er um elf Uhr abends abgelöst wurde, hatte er nichts gesehen oder gehört, was ihm verdächtig vorgekommen wäre.

Er kontrollierte, wie es seine Aufgabe war, ob die Tür zu

dem Büro des Lords verschlossen war, und fand alles in bester Ordnung. Der Mann, der ihn ablöste, war ein Beamter namens Toms, der um Viertel nach elf ebenfalls die Tür kontrollierte. Und da er noch einen besonderen Auftrag von Scotland Yard hatte, spannte er einen schwarzen Faden über die Tür, der an zwei Streichhölzern befestigt war. Diese klemmte er in die beiden Türritzen.

Als der Mann um ein Uhr die Tür wieder untersuchte und mit der Taschenlampe ableuchtete, war der Faden heruntergefallen. Das konnte nur eine Bedeutung haben: Zwischen Viertel nach elf und eins war jemand durch die Tür ins Haus gegangen. Er rief mit einem Pfeifensignal Verstärkung herbei und weckte den Hausmeister, der in dem Nebenhaus wohnte. Zu dritt traten sie ein und stiegen die Treppe hinauf.

Das Büro Lord Claythorpes war verschlossen. Der Hausmeister sagte, daß die Tür vom Flur direkt ins Büro führe. Von außen war sie unversehrt. Nirgends sah man Spuren eines Stemmeisens. Die Beamten hätten eigentlich ihre Nachforschungen aufgeben können. Bei dem Unwetter war es ja vielleicht auch möglich, daß der schwarze Faden ohne Zutun eines Menschen heruntergefallen war. Aber da sah der eine der Polizisten eine kleine Blutlache, die unter der Tür durchgesickert war!

Die Polizisten zögerten nun nicht länger, drückten die Tür auf und traten in das Büro. Die Tür ging schwer auf, denn hinter ihr lag ein Mann. Toms drehte das Licht im Büro an und kniete neben ihm nieder.

»Der ist tot«, sagte er. »Kennen Sie ihn?«

»Jawohl«, entgegnete der Hausmeister. »Das ist Mr. Remington.«

Die Polizisten untersuchten das Büro oberflächlich.

»Jim, benachrichtige schnell Scotland Yard«, sagte Toms zu seinem Kollegen. »Dem armen Kerl ist allerdings nicht mehr zu helfen; er war sofort tot – Herzschuß.«

Er sah sich um. Die Tür des Geldschrankes stand weit offen, und er war leer.

Eine halbe Stunde später erschien Peter Dawes und untersuchte kurz den Raum und auch den Toten.

»Liegt er noch genauso, wie Sie ihn auffanden?«

»Ja«, entgegnete der Polizist.

»Er hat ja ein Messer in der Hand.«

Peter neigte sich über Remington und sah auf das Messer mit der dünnen Klinge, das der Tote krampfhaft umklammert hielt.

»Sehen Sie einmal – die andere Hand«, sagte Toms. »Es sieht so aus, als ob er ein Stück Papier darin hätte.«

Tatsächlich hielt Remington in der halb zur Faust geballten Hand eine Visitenkarte, die Peter Dawes vorsichtig herauszog. ›Jamieson Steele, Ingenieur‹, stand darauf.

Peter Dawes nickte und ging zu dem Geldschrank.

»Das ist merkwürdig«, sagte er, bewegte die schwere Tür und untersuchte das Innere genau. Er hoffte, dort noch einen Anhaltspunkt zu finden, und er entdeckte auch etwas, aber nicht das, was er erwartet hatte. In der Mitte der Rückwand klebte ein kleines Papiersiegel mit dem Zeichen der ›Quadrat-Jane‹.

6

Es war unglaublich und unfaßbar, daß die ›Quadrat-Jane‹ einen Mord begangen haben sollte. Alle Theorien und Erklärungen Peter Dawes' wurden dadurch über den Haufen geworfen. Das war allerdings mit dem Charakterbild, das er sich von ihr gemalt hatte, nicht in Einklang zu bringen. Peter Dawes hatte sie für eine Dame der Gesellschaft gehalten, die aus menschenfreundlichen Gründen den Reichen das Geld abnahm. Aber dies war ein kaltblütiger Mord. Nun mußte die Polizei mit allen Mitteln versuchen, die Verbrecherin zu fassen.

Lord Claythorpe war um drei Uhr morgens aus dem Bett geholt worden und sofort in das Büro gefahren. Er war niedergeschlagen und verstört und zitterte vor Schrecken, als er erfuhr, daß der gesamte Inhalt des Geldschrankes gestohlen worden war.

»Und dabei hat man mich vorher noch gewarnt«, sagte er entsetzt. »Der arme Remington hat mich selbst gebeten, es nicht zu tun, aber trotz alledem habe ich mich nicht eines Besseren belehren lassen. Ach, es ist unverzeihlich!«

»Was hat Remington denn hier im Büro gemacht?« fragte Peter.

Der Ermordete war bereits ins Leichenschauhaus gebracht worden, und nur noch der dunkle Blutfleck auf dem Fußboden legte Zeugnis ab von der Tragödie, die sich hier abgespielt hatte.

»Ich habe nicht die geringste Ahnung. Ich bin noch so bestürzt, daß ich meine Gedanken gar nicht sammeln kann. Dieser arme Mann – es ist zu grauenhaft!«

»Darüber brauchen wir uns jetzt nicht zu unterhalten, das ist bei jedem Mord so. Aber ich möchte wissen, was Remington zwischen elf und ein Uhr nachts im Büro zu suchen hatte.«

»Ich denke mir die Sache folgendermaßen. Der arme Remington sorgte sich um die Sicherheit der Wertpapiere, die hier im Büro aufbewahrt wurden, und bat mich, für die Nacht einen Wächter zu engagieren. Leider habe ich törichterweise nicht auf seinen Rat gehört. Ich kann nur annehmen, daß er, von innerer Unruhe getrieben, mitten in der Nacht hierherkam und selbst Wache halten wollte.«

Peter nickte. Diese Theorie klang ziemlich wahrscheinlich.

»Dann nehmen Sie also an, daß er durch die Einbrecher hier überrascht wurde?«

»Ja. Es mögen mehrere Leute gewesen sein.«

Peter setzte sich an den Schreibtisch des Lords und klopfte mit dem Finger auf die Schreibunterlage.

»Es gibt viele Gründe, die für Ihre Annahme sprechen. Nach der Lage des Toten und der Waffe, die wir in seiner Hand fanden, muß man annehmen, daß er sich verteidigen wollte. Aber sehen Sie einmal, was wir hier sonst noch gefunden haben.«

Er nahm einen zerdrückten Briefumschlag aus der Tasche und legte ihn auf den Tisch. Er war mit Blutflecken beschmutzt.

»Das haben wir unter dem Toten gefunden. Sie sehen, daß das Kuvert mit einem scharfen Messer aufgeschnitten wurde – Remington hat ja eins in der Hand gehalten.«

Der Lord dachte darüber nach.

»Vielleicht überraschte er die Einbrecher dabei, wie sie den Brief öffneten, und riß ihnen das Schreiben aus der Hand«, sagte er dann.

Peter Dawes nickte wieder. »Ja, so kann man es sich vielleicht erklären. Hatte Remington eigentlich einen Schlüssel zu dem Geldschrank?«

Lord Claythorpe zögerte mit der Antwort. »Soweit ich weiß, nicht – doch, jetzt fällt es mir wieder ein. Er hatte einen Schlüssel. Ich hatte das völlig vergessen.«

»Ist dies der Schlüssel?« Peter Dawes reichte dem Lord einen langen dünnen Stahlschlüssel, den er aus der Tasche genommen hatte.

Claythorpe betrachtete ihn aufmerksam.

»Ja«, sagte er nach einer Weile, »das ist zweifellos einer der Schlüssel zu dem Safe. Wo haben Sie ihn denn gefunden?«

»Unter dem Tisch.«

»Sind noch andere Anhaltspunkte entdeckt worden?« fragte der Lord nach einer Pause.

Diesmal antwortete Peter Dawes nicht sofort.

»Ja. Wir fanden zum Beispiel in der Hand des Toten eine kleine Visitenkarte.«

»Welcher Name stand denn darauf?« fragte Claythorpe schnell.

»Jamieson Steele – ein früherer Angestellter von Ihnen, soviel ich weiß.«

»Steele? Um Himmels willen, das paßt ja vorzüglich zu dem, was ich schon immer behauptet habe! Steele ist also auch in die Sache verwickelt!«

»Aus der Tatsache, daß diese Visitenkarte in Remingtons Hand gefunden wurde, kann man diese Schlußfolgerung noch nicht ziehen«, entgegnete der Chefinspektor ruhig. »Es ist in Verbrecherkreisen, besonders unter Mördern, nicht üblich, daß sie ihre Visitenkarten in der Hand ihrer Opfer zurücklassen, das sollten Sie doch bedenken!«

Claythorpe warf ihm einen scharfen Blick zu. »Es scheint mir fehl am Platz zu sein, daß Sie ausgerechnet jetzt Ihre üble Laune an mir auslassen«, erwiderte er heiser und vorwurfsvoll. »Ich sage Ihnen, Steele ist ein schlechter Charakter. Ich habe die Überzeugung, daß er der ›Quadrat-Jane‹ bei all ihren Unternehmungen hilft. Wenn Sie ihn in Schutz nehmen wollen . . .«

»Ich nehme niemanden in Schutz«, entgegnete Peter eisig. »Ich würde nicht einmal Sie in Schutz nehmen, wenn die geringsten Verdachtsmomente gegen Sie vorlägen.«

Der Lord senkte einen Augenblick den Kopf.

»Es ist sicherlich ein schwerer Verlust für Sie«, fuhr Peter fort. Als der Lord schwieg, fragte er: »Sagen Sie mir bitte genau, was alles in dem Geldschrank war. Es ist auch für Sie viel besser, wenn Sie es mir jetzt gleich mitteilen. Lag bares Geld darin?«

Claythorpe schüttelte den Kopf. »Nein, nur Wertpapiere, die auf den Inhaber lauteten. Es kann also niemand etwas damit anfangen.«

»Gehörten die Papiere Ihnen? Und welchen Wert hatten sie?«

»Etwa eine Viertelmillion Pfund.«

Peter sah ihn erstaunt an. »Waren es Ihre Wertpapiere?«

»Nein«, entgegnete Lord Claythorpe zögernd, »sie gehörten nicht mir, sie waren mir nur anvertraut . . .«

Peter sprang erregt auf. »Es war doch nicht etwa das Vermögen von Miss Joyce Wilberforce, über das wir noch gestern vormittag sprachen?«

»Doch, es war ihr Eigentum. Es ist eine Katastrophe! Es ist einfach nicht zu entschuldigen!«

»Sie wissen aber doch sicher, welche Papiere in dem Geldschrank eingeschlossen waren. Bitte sagen Sie es mir so detailliert wie möglich.«

Peter Dawes sprach sachlich und hart. Dann setzte er sich wieder. Er hatte sich vollkommen gefaßt und war so ruhig und gleichgültig, als ob es sich um irgendeinen Ladendiebstahl handelte.

»Ich habe eine Liste«, erwiderte Claythorpe.

Es dauerte fast eine halbe Stunde, bis er dem Chefinspektor genau erklärt hatte, welche Papiere aus dem Safe entwendet worden waren.

Um vier Uhr morgens hatte Peter Dawes die Vernehmung und die Tatortuntersuchung beendet und fuhr nach Scotland Yard, um eine Mitteilung an alle Polizeistationen Englands gehen zu lassen.

Dieses Verbrechen sah eigentlich der ›Quadrat-Jane‹ nicht

73

ähnlich. Auch keiner ihrer Komplicen oder Helfershelfer konnte es verübt haben – wenn sie überhaupt mit anderen Leuten zusammenarbeitete. Bis jetzt waren all ihre Unternehmen fein durchdacht und klug ausgeführt; man konnte sich kaum vorstellen, daß Jane unbeabsichtigt eine Visitenkarte in Remingtons Hand zurückgelassen hätte.

Peter Dawes hatte schon viele Fälle bearbeitet und besaß große Erfahrung mit Verbrechen und Verbrechern. Viele scheußliche Taten hatte er aufgeklärt, und um in seinem Beruf mehr leisten zu können, hatte er sich auch mit Anatomie befaßt, besonders vom kriminalistischen Standpunkt aus. Er war absolut überzeugt, daß man dem Toten die Visitenkarte erst in die Hand gesteckt hatte, nachdem er erschossen worden war.

Als Peter Dawes seinem Chef berichtete, vertrat er auch diese Meinung.

»Die Karte ist wahrscheinlich absichtlich zurückgelassen worden, um uns auf eine falsche Fährte zu bringen. Sollte die ›Quadrat-Jane‹ tatsächlich die Täterin sein, dann wollte sie den Verdacht von sich auf den unglücklichen Steele lenken.«

»Glauben Sie, daß Sie Steele fassen können?«

Peter nickte. »Ja. Ich kann ihn sofort festnehmen lassen, wenn ich will. Wir haben bisher davon abgesehen, weil wir uns nicht lächerlich machen wollten. Es liegt nämlich nicht genügend Material gegen ihn vor, um eine Verurteilung durchzusetzen.«

Am nächsten Morgen hatte Dawes eine ganze Anzahl von Besuchen zu machen. Zuerst ging er zu dem Fabrikanten der Geldschränke in die Queen Victoria Street.

Er hatte Glück; der Chef der Verkaufsabteilung, der schon zwanzig Jahre bei der Firma arbeitete, war zugegen. Der Mann konnte sich sogar noch deutlich darauf besinnen, daß er Lord Claythorpe einen Safe verkauft hatte.

»Das ist ja eine große Hilfe«, meinte Peter lächelnd. »Ich fürchtete schon, daß es sehr lange dauern würde, bis ich den Verkäufer entdeckte, der den Geldschrank an Lord Claythorpe geliefert hat. Wie viele Schlüssel haben Sie damals mitgegeben?«

»Zwei – einen für den Lord und einen für Mr. Remington.«

»Waren die beiden Schlüssel irgendwie voneinander verschieden?«

»Nein, sie hatten nur verschiedene Nummern. Haben Sie vielleicht einen von ihnen bei sich?«

Peter zog den einen aus der Tasche, aber als der Verkaufsleiter die Hand ausstreckte, schüttelte er den Kopf und lächelte.

»Vielleicht können Sie mir beschreiben, wie die Schlüssel markiert wurden.«

»Auf dem Griff jedes Schlüssels ist eine kleine Zahl eingeprägt: eins beziehungsweise zwei. Ich kann mich noch darauf besinnen, daß Lord Claythorpe den Schlüssel Nummer eins nahm, während Nummer zwei für Mr. Remington bestimmt war. Lord Claythorpe hat damals ausdrücklich den Auftrag gegeben, die beiden Nummern anzubringen, damit die Schlüssel nicht verwechselt werden könnten.«

Peter Dawes sah auf die Nummer des Schlüssels und steckte diesen dann lächelnd wieder in die Tasche.

»Ich danke Ihnen für diese Aufklärung. Sie haben mir alles gesagt, was ich wissen wollte. Nur noch eine Frage: Waren ursprünglich nicht drei Schlüssel vorhanden?«

»Nein, ich bin sicher, daß meine Firma nur zwei hergestellt und geliefert hat. Es ist auch vollkommen unmöglich, diese Schlüssel nachzumachen.«

Als Peter nach Scotland Yard zurückkehrte, fand er ein Telegramm vor, das in Falmouth von dem Chef der dortigen Polizei aufgegeben worden war.

Jamieson Steele befindet sich hier. Soll ich ihn verhaften? Wir haben allerdings unumstößliche Beweise, daß er die vergangene Nacht mit seiner Frau in Falmouth zubrachte.

»Seiner Frau?« meinte Peter Dawes erstaunt. »Ich wußte gar nicht, daß Steele verheiratet ist. Das ist also ein unwiderlegliches Alibi; er kommt als Täter nicht in Betracht. Nun fragt es sich nur noch, ob wir ihn wegen Betruges verhaften lassen sollen«, wandte er sich an Inspektor Passmore, seinen Freund.

»Lassen Sie den jungen Mann in Ruhe«, sagte der alte, erfahrene Beamte. »Es hat keinen Zweck, Leute hinter Schloß und Riegel zu setzen, wenn wir nicht so viel Material gegen sie zusammentragen können, daß sie ganz gewiß verurteilt werden. Jamieson Steele hat sich nichts weiter zuschulden kommen lassen, als daß er sich aus dem Staub machte. Ich habe damals gleich nach der Anzeige mit dem Direktor der Bank gesprochen, und der hat mir erklärt, daß die Unterschrift auf dem Scheck nicht gefälscht war, sondern tatsächlich von Lord Claythorpe stammte. Und wenn eine derartige Zeugenaussage vor den Geschworenen gemacht wird, dann kann man doch unmöglich den jungen Mann verurteilen.«

Peter dachte darüber nach und entschloß sich, Steele telegrafisch um eine Zusammenkunft in London zu ersuchen.

In den Zeitungen standen große Artikel über das letzte Verbrechen der ›Quadrat-Jane‹. Das Publikum war empört, daß sie die lange Reihe ihrer Einbrüche nun auch noch mit einem Mord krönte. Es meldeten sich auch Zeugen bei der Polizei, die eine geheimnisvolle Frau beobachtet haben wollten. Eine Viertelstunde vor oder nach dem Verbrechen sollte sie die St. James Street entlanggeeilt sein. Andere Leute wollten eine verschleierte Frau gesehen haben, die in der St. James Street in ein wartendes Auto stieg. Bei jedem größeren Verbrechen tauchten derartige Zeugen auf, aber ihre Aussagen waren für die Polizei zumeist vollkommen wertlos.

Am Nachmittag besuchte der Chefinspektor Lord Claythorpe und fand ihn bei einer eifrigen Beratung mit Mr. Grandman. Zu Mr. Grandmans Gunsten muß aber gesagt werden, daß er zwar viele neue Gesellschaften gründete und äußerst optimistische Prospekte an das Publikum sandte, aber trotzdem ein ehrlicher, tüchtiger Geschäftsmann war, der sich nichts zuschulden kommen ließ. Heute nun waren Grandman zum erstenmal Zweifel an der Zuverlässigkeit und Glaubwürdigkeit Lord Claythorpes aufgestiegen, mit dem er schon viele Geschäfte abgeschlossen hatte.

Die beiden begrüßten Peter Dawes; der Lord ein wenig argwöhnisch und nervös, Grandman offensichtlich erfreut.

»Nun, haben Sie eine neue Entdeckung gemacht«, fragte Claythorpe.

»Nicht nur eine. Wir sind sogar imstande, den Ablauf der Tat bis zu einem gewissen Grad zu rekonstruieren. Es hat sich außerdem herausgestellt, daß sich Mr. Steele in der Nacht, in der das Verbrechen begangen wurde, in Falmouth aufhielt.«

Ein Schatten glitt über das düstere Gesicht des Lords. »Wie wollen Sie denn das beweisen, wenn Sie überhaupt nicht wissen, wo sich Mr. Steele aufhält?«

»Wir haben herausgefunden, wo er zur Zeit wohnt.«

»Dann haben Sie ihn doch sicher auch verhaftet. Ich meine – wegen des gefälschten Schecks?«

Peter lächelte. »Lord Claythorpe, wünschen Sie wirklich ernstlich, daß wir Jamieson Steele verhaften sollen? Bedenken Sie doch, daß unumstößliche Zeugenaussagen seine Angaben bestätigen. Sie haben ihm den Scheck persönlich überreicht und vorher auch selbst unterschrieben.«

»Das ist gelogen«, rief Lord Claythorpe stürmisch und schlug mit der Faust auf den Tisch.

»Es mag eine Lüge sein«, entgegnete Peter ruhig, »aber die Lüge wird sicher von den Geschworenen geglaubt werden, und ich kann mir auch nicht vorstellen, daß die Durchführung eines derartigen Prozesses Ihrem Ruf sehr dienlich sein würde.«

Claythorpe schwieg. Dann sah er auf und begegnete dem Blick Grandmans, der fast unmerklich nickte.

»Ich bin vollkommen Ihrer Ansicht. Ich habe niemals angenommen, daß man Mr. Steele vor Gericht stellen könnte. Meiner Meinung nach ist er ein guter, ehrlicher Charakter. Warum er die Nerven verlor und sich aus dem Staub machte, ist mir allerdings schleierhaft.«

Der Lord sprach von anderen Dingen, denn das Thema war ihm sehr unangenehm.

»Haben Sie sonst noch etwas herausbekommen?«

»Eigentlich nicht. Aber – wir haben doch in der Mordnacht diesen Schlüssel gefunden.« Peter zog ihn aus der Tasche und legte ihn vor Lord Claythorpe auf den Tisch. »Würden Sie so liebenswürdig sein und mir Ihren eigenen zeigen?«

Eine Minute lang starrte Claythorpe den Chefinspektor an. »Selbstverständlich«, sagte er dann.

Er verließ das Zimmer und kehrte bald darauf mit einem Schlüsselbund zurück. Er löste den Geldschrankschlüssel von dem Ring und gab ihn Peter.

Der Chefinspektor betrachtete ihn genau.

»Nun, haben Sie etwas entdeckt?« fragte der Lord.

»Ihre beiden Schlüssel müssen miteinander vertauscht worden sein«, entgegnete Peter. »Sie haben Remingtons Schlüssel, und der, den wir nach dem Mord unter dem Tisch im Büro fanden, gehört Ihnen.«

»Das ist vollkommen unmöglich!« erklärte Lord Claythorpe unnötig laut.

»Es passieren manche Dinge, die man für unmöglich hält«, erwiderte Peter.

»Aber man kann doch diese Tatsachen sehr einfach erklären –«, begann Claythorpe.

Peter brachte ihn jedoch durch eine Handbewegung zum Schweigen.

»Selbstverständlich kann man alle möglichen Erklärungen finden. Wenn Sie wollen, gibt es hundert, von denen keine widerlegt werden kann. Ich nehme nur einmal an, daß Sie beide die Schlüssel auf den Tisch gelegt hatten, und daß sie dann verwechselt wurden, ohne daß Sie es merkten. Ich habe niemals behauptet, daß Sie das nicht erklären könnten. Ich habe nur eine Tatsache erwähnt, die im Augenblick noch gar keine oder nur geringe Bedeutung hat.«

Grandman und Peter Dawes verließen zusammen das Haus. Der Lord ging ruhelos in seinem Arbeitszimmer auf und ab. Nach einiger Zeit setzte er sich und begann eifrig zu schreiben. Dann nahm er ein großes, festes Kuvert aus einer Schublade seines Schreibtisches. In dieses schob er ein Schriftstück, nachdem er es noch einmal eingehend betrachtet hatte. Es war ein Schuldschein über hunderttausend Dollar von der ›American Smelting Corporation‹. Aus einem besonderen Grund wollte er dieses wertvolle und wichtige Dokument augenblicklich aus dem

78

Hause schaffen. Er adressierte den Brief an sich selbst, zog dann eine Schublade auf und entnahm ihr ein Kästchen, in dem er ungebrauchte Briefmarken aus allen möglichen Ländern hatte. Er klebte einige australische Marken auf den Umschlag, steckte ihn dann in ein etwas größeres Kuvert und adressierte dieses an den Direktor einer australischen Bank, mit dem er schon früher in Geschäftsverbindung gestanden hatte. Er fügte einen Brief hinzu, in dem er mitteilte, daß er zur gleichen Zeit wie der Brief in Australien einzutreffen hoffte.

›Sollte ich jedoch‹, lautete der Text weiter, ›durch irgendeinen Umstand an meiner Reise nach Australien gehindert sein und eine Woche nach Ankunft des Briefes noch nicht persönlich bei Ihnen in der Bank vorgesprochen oder Ihnen ein Telegramm geschickt haben, daß Sie den Brief noch länger aufbewahren sollen, dann senden Sie ihn bitte eingeschrieben an meine Londoner Adresse zurück.‹

Als der Lord den Briefumschlag zugeklebt hatte, atmete er auf, denn er war überzeugt, etwas sehr Vernünftiges getan zu haben. Dieses wichtige Dokument würde wenigstens zwei Monate lang außer Landes bleiben. Er überlegte, ob er es als Einschreiben senden solle, schüttelte aber nachdenklich den Kopf. Das konnte ein Anhaltspunkt für die Polizei sein. Es war immerhin denkbar, daß nachgeforscht wurde, und wenn die Polizei erst Erkundigungen in dieser Hinsicht einzog, dann machte es keine Schwierigkeiten, eine solche eingeschriebene Sendung festzustellen. Bei der Gelegenheit würde natürlich auch die Adresse herauskommen, an die er den Brief aufgegeben hatte. Nein, er hielt es für besser, den Brief als gewöhnliche Postsendung abgehen zu lassen. Er nahm Hut und Mantel und trug den Brief selbst zum nächsten Postamt.

Bei seiner Rückkehr meldete der Butler, daß Miss Wilberforce auf ihn warte.

»Miss Wilberforce?« sagte der Lord erstaunt. »Ich dachte, sie hielte sich auf dem Land auf?«

»Sie kam ein paar Minuten, nachdem Sie gegangen waren, Mylord.

»Das ist ja ausgezeichnet!«

79

Joyce war allerdings die letzte, die er in diesem Augenblick gern sah. Er atmete aber erleichtert auf, als er daran dachte, wie unangenehm es gewesen wäre, wenn sie ihn vorher beim Briefschreiben überrascht hätte. Jedenfalls war es ein merkwürdiges Zusammentreffen, daß sie ihn gerade an diesem Abend besuchte.

Als er in sein Arbeitszimmer trat, stand sie am Schreibtisch. Er ging mit ausgestreckten Händen auf sie zu.

»Meine liebe Joyce«, sagte er, scheinbar freudig überrascht, »was führt dich denn hierher?«

»Ich habe ein Telegramm erhalten, in dem mir der Einbruch in dein Büro mitgeteilt wurde.«

Er dachte daran, daß er Miss Wilberforce nicht davon benachrichtigt hatte, obwohl der Einbruch doch sie am meisten anging.

»Wer hat dir das Telegramm gesandt?«

»Die Polizei.«

Er sah sie erstaunt an. »Aber du kannst das Telegramm doch frühestens um elf Uhr erhalten haben. Wie bist du denn hergekommen?«

Sie lächelte leicht. »Ich bin mit dem Flugzeug von Falmouth nach London gekommen.«

»Dann allerdings . . .«

»Hattest du mir etwa auch ein Telegramm geschickt wegen des Diebstahls?«

»Ich wollte warten, bis alle Einzelheiten genau festgestellt waren. Du siehst, meine liebe Joyce, ich wollte dich nicht unnötig beunruhigen. Es besteht ja auch noch die Möglichkeit, daß die ›Quadrat-Jane‹ die Papiere zurückschickt, da sie ja doch keinen Wert für sie haben, oder daß sie sie gegen eine verhältnismäßig geringe Summe zurückgibt.«

Sie nickte. »Ich verstehe. Ich kann also in der Angelegenheit nichts tun?«

Er schüttelte den Kopf. »Nein.«

Sie sah ihn zögernd an. »Kann ich hier vielleicht einen Brief schreiben?«

»Aber selbstverständlich! Setz dich doch, mein liebes Kind«, erwiderte er mit ausnehmender Freundlichkeit. »Du findest Papier und Kuverts hier in dieser Kassette.«

Nachts um elf Uhr herrschte reges Treiben auf dem Postamt 11 im Südwesten Londons. Autos waren an der Rampe, die vor den Sortierräumen lag, und starke Träger waren damit beschäftigt, die schweren Postsäcke in die verschiedenen Wagen zu laden. Zuletzt wurde ein kleineres Auto abgefertigt, das die Auslandspost zum Hauptpostamt brachte. Bald waren die Säcke im Wagen verstaut, und um Viertel vor zwölf verließ dieser den Hof des Postamts.

Das Wetter war ebenso unfreundlich wie in der vorhergehenden Nacht; der Wind blies mit unverminderter Kraft aus Südwesten und trieb den Regen durch die menschenleeren Straßen der Stadt. Der Chauffeur hatte den Kragen seines Ledermantels in die Höhe geschlagen und zitterte vor Kälte.

Sein Weg führte durch einen einsamen Teil Londons. Eine der Straßen, die er passieren mußte, war aufgerissen, und er bog deshalb in eine Seitenstraße ein. Als er in die erste Parallelstraße kam, sah er, daß dort keine der Laternen brannte, doch hielt er das für eine Folge des Sturms.

Er war gerade in der Mitte der Straße, als plötzlich ein rotes Licht vor ihm aufblitzte. Es gelang ihm gerade noch, das Auto zum Stehen zu bringen.

»Was ist denn jetzt schon wieder los?« fragte er unwirsch und lehnte sich aus dem Wagen. Er erkannte eine Gestalt, die eine Lampe hielt.

Statt einer Antwort wurden jedoch gleich darauf seine Augen von einem starken Lichtstrahl getroffen, und bevor er noch wußte, was geschah, sprang jemand neben ihn auf den Führersitz und drückte ihm die Mündung einer Pistole in die Seite.

»Wenn Sie den Mund aufmachen, ist es mit Ihnen vorbei!« flüsterte ihm ein Mann in drohendem Ton ins Ohr.

Eine Viertelstunde später geriet die Londoner Polizei in Aufregung. Alle Beamten suchten nach einem kleinen, dunklen Auto.

Peter Dawes saß im Schlafanzug auf dem Rand seines Bettes und telefonierte mit Scotland Yard.

»Was, man hat den Wagen mit der Auslandspost angehalten und ausgeraubt? Das ist ja nicht möglich! Wie ist das nur gekommen? – Sind die Kerle verhaftet worden? – In zehn Minuten bin ich dort!«

Er kleidete sich schnell an, schlüpfte in seinen Regenmantel und trat in das stürmische Wetter hinaus. Dicht bei seiner Wohnung war ein Halteplatz für Taxis, und zehn Minuten später war er tatsächlich schon in Scotland Yard.

» ... der Mann sagte, es sei alles so furchtbar schnell gegangen, daß er nicht einmal Zeit gefunden habe zu schreien. Außerdem hatte ihn der andere mit der Pistole bedroht.«

»Was haben die Burschen denn genommen?«

»Nur einen Postsack, soweit wir bisher feststellen konnten; sie wußten ganz genau, was sie stehlen wollten. Dann sind sie wieder verschwunden. Der Polizeibeamte, der gerade am anderen Ende der Straße war, hörte den Chauffeur schreien und lief zu ihm hin. Er sah gerade noch, wie ein kleines, dunkles Auto um die Straßenecke verschwand.«

Peter Dawes fuhr zum Postamt und ließ sich den noch ganz verängstigten Chauffeur vorführen. Carter – so hieß der Mann – hatte eine lange, einwandfrei verlaufene Dienstzeit hinter sich und war in den letzten Jahren dauernd denselben Weg mit der Auslandspost gefahren. Auch früher schon mußte er manchmal wegen Straßenreparaturen Umwege machen.

»Haben Sie außer dem Mann, der Sie mit der Pistole bedrohte, noch jemand gesehen?«

»Jawohl. Ich sah noch eine Person. Es muß eine junge Frau in einem schwarzen Regenmantel gewesen sein.«

»Wo ist denn das Auto, das Sie gefahren haben?«

Man zeigte ihm den Wagen. Die hintere Tür war offensichtlich mit einem Stemmeisen aufgebrochen worden.

»Die Beamten haben soeben die Postsäcke herausgenommen und sortiert, um festzustellen, was fehlt.«

Peter leuchtete das Innere des Wagens ab und prüfte besonders den Boden genau, aber nirgends konnte er einen Anhaltspunkt finden. Als er jedoch die Tür mit seiner Taschenlampe ableuchtete, sah er in der Mitte das Papiersiegel, das er nur zu gut kannte.

»Also wieder die ›Quadrat-Jane‹!«

7

Folgender Brief, mit dem allgemein bekannten Siegel als Unterschrift, wurde beim Hauptpostamt in London zusammen mit einem großen Postsack abgegeben:

Ich bedaure unendlich, daß ich gezwungen war, das Postauto anzuhalten. Aber in einem bestimmten Postsack befand sich ein für mich sehr wichtiger Brief, den ich mir unter allen Umständen aneignen mußte. Ich sende beiliegend die anderen Briefe des betreffenden Postsacks zurück, die, wie Sie sehen, vollkommen unberührt sind.

Der Bote war ein kleiner Junge in der Uniform der Londoner Eilboten.

Er wurde natürlich sofort verhört, aber er konnte keine genaue Auskunft über die Person geben, die ihm den Auftrag erteilt hatte. So viel sagte er allerdings, daß es eine Dame mit einem dichten Schleier gewesen war. Sie hatte ihn in ein bekanntes Hotel kommen lassen und dort in der Halle erwartet. Darauf ging sie mit ihm auf die Straße und stieg in ein Taxi. An der Ecke der Clarges Street hielt der Wagen; ein Mann erschien mit einem Postsack, den er ins Auto legte, worauf der Chauffeur sofort weiterfuhr. Etwas später ließ die Dame wieder anhalten, drückte dem Jungen eine Pfundnote in die Hand und stieg aus. Der kleine Bote konnte nur noch sagen, daß seiner Meinung nach die Dame recht jung gewesen sei.

Diese Ereignisse schürten aufs neue die Flammen der Empörung über die ›Quadrat-Jane‹. Erst vor wenigen Tagen war ihr der Mord zur Last gelegt worden, und nun war noch das Unerhörte passiert, daß sie mitten in London einen Postwagen auf offener Straße beraubt hatte. Der Name der Verbrecherin war jetzt bereits in ganz England bekannt.

Als Lord Claythorpe von dem Raub des Postsackes erfuhr, fühlte er sich sehr unbehaglich und stellte sofort Nachforschungen bei dem Postamt an, wo er den Brief nach Australien aufgegeben hatte. Dort wurde er beruhigt. Man sagte ihm, daß der Sack, um den es sich handelte, nach Indien bestimmte Post enthalten habe. Die Sendungen nach Australien seien schon früher zum Hauptpostamt abgegangen. Glücklicherweise erfuhr er nicht, daß er irrtümlich eine falsche Information erhalten hatte.

Er hatte Joyce eingeladen, mit ihm zu frühstücken, und sie erschien gerade, als er vom Postamt zurückkam.

»Das war ja eine erstaunlich kühne Tat«, sagte er am Frühstückstisch zu Joyce und reichte ihr die Zeitung. »Ich habe vorhin den Bericht gelesen.«

»Die arme Jane Briglow!«

»Jane Briglow?«

Sie lächelte. »Meine Mutter behauptet immer steif und fest, daß es niemand anders sein könne als unser früheres Mädchen. Dabei habe ich feststellen können, daß Jane zur Zeit eine gute Stelle in Nordengland hat.«

Claythorpe sah sie erstaunt an. »Ich habe mir auch bereits eine Meinung darüber gebildet, wer diese Verbrecherin sein könnte.«

»Tu das lieber nicht«, erklärte Joyce und nahm sich von der Marmelade.

»Ich möchte nur wissen, ob sie den Postsack zurückschickte«, sagte sie nachdenklich. »Darüber steht nichts in der Zeitung.«

»Das glaube ich kaum«, erklärte Joyce. »Aber du wolltest heute morgen etwas mit mir besprechen?«

Er nickte. »Ja. Sieh mal, ich habe mir die ganze Sache jetzt genau überlegt. Vielleicht habe ich mich zu sehr von meinem Vorurteil gegen den jungen Steele beeinflussen lassen.«

Joyce antwortete nicht; sie sah ihn nur ruhig an.

»Ich weiß nicht einmal mehr mit Sicherheit, ob er den Scheck tatsächlich gefälscht hat, wie ich früher fest annahm. Damals war ich außer mir und furchtbar aufgeregt. Es ist aber möglich, daß ich den Scheck doch selbst unterschrieben und es bei der

Fülle von Arbeit übersehen habe. Du hattest doch Mr. Steele sehr gern?«

Sie nickte.

»Nun, dann will ich dir auch nicht länger im Wege stehen«, erklärte er herzlich.

»Du willst also damit sagen, daß du deine Zustimmung zu meiner Wahl gibst?«

Er nickte. »Warum sollte ich das auch nicht tun?«

»Es gibt allerdings jetzt keine Gründe mehr, warum du mir deine Einwilligung vorenthalten könntest«, sagte sie bitter. »Es kommt jetzt ja nicht mehr darauf an, ob ich nach deinen Wünschen heirate oder nicht, da ich kein Vermögen mehr besitze.«

»Das ist sehr traurig«, entgegnete der Lord ernst. »Ich fühle mich moralisch dafür verantwortlich. Es ist eine entsetzliche Katastrophe, aber ich will alles tun, um es wieder gutzumachen. Ich bin kein reicher Mann, aber ich habe mich entschlossen, dir ein Hochzeitsgeschenk von zwanzigtausend Pfund zu machen, wenn du meinen Sohn nicht heiraten willst und Mr. Steele vorziehst.«

»Das ist sehr gut von dir«, erwiderte sie höflich, »aber ein mündliches Versprechen hat wenig Wert. Würdest du so liebenswürdig sein, mir das schriftlich zu geben?«

»Aber mit dem größten Vergnügen!« Claythorpe erhob sich und ging zum Schreibtisch. »Du wirst mit der Zeit wirklich klug und verständig«, sagte er und lachte leise vor sich hin.

Er nahm einen Bogen Papier aus der Kassette und griff nach seinem Füllfederhalter.

»Welches Datum haben wir heute?«

»Den Neunzehnten, aber datiere bitte mit dem Ersten dieses Monats.«

»Warum denn?« fragte er erstaunt.

»Ich habe meine Gründe dafür«, entgegnete sie langsam. »Vor allem sollen die Leute später nicht sagen, daß du dein Verständnis für Mr. Steele erst entdeckt hättest, nachdem ich mein Vermögen verlor.«

Er sah sie forschend an, aber kein Muskel in ihrem Gesicht bewegte sich.

85

»Sehr vorsorglich von dir«, sagte er schließlich und zuckte die Schultern. »Es kommt mir wirklich nicht darauf an, ob ich als Datum den Ersten oder den Neunzehnten wähle.«

Er schrieb schnell, löschte den Bogen ab und reichte ihn Joyce. Sie las das Schriftstück genau durch, faltete es zusammen und steckte es in ihre Handtasche.

»War das, was du angabst, wirklich der Grund?« fragte er neugierig.

Sie schüttelte den Kopf. »Nein«, entgegnete sie kühl. »Ich habe mich nämlich schon vorige Woche mit Jamieson trauen lassen.«

»Was, du bist verheiratet?« rief er aufgeregt. »Und das ohne meine Erlaubnis?«

»Mit deiner Erlaubnis«, erwiderte Joyce und zeigte auf ihre Handtasche.

Einen Augenblick lang runzelte er die Stirn, dann lachte er laut auf.

»Das ist ja wirklich ein toller Spaß, Joyce! Ich hätte nie gedacht, daß du soviel Unternehmungsgeist hättest! Weiß denn deine Mutter Bescheid?«

»Nein, sie hat nicht die geringste Ahnung. – Aber ich möchte noch etwas anderes mit dir besprechen. Es hängt mit dem gestrigen Überfall auf das Postauto zusammen.«

In diesem Augenblick meldete der Butler Peter Dawes.

»Dieser Chefinspektor von Scotland Yard kommt schon wieder«, sagte Lord Claythorpe und runzelte die Stirn. »Wie steht es? Möchtest du ihm nicht lieber aus dem Weg gehen?«

»Im Gegenteil! Laß ihn hereinkommen. Was ich zu sagen habe, wird ihn sicher sehr interessieren.«

Der Lord nickte dem Butler zu, und gleich darauf trat Peter Dawes ein. Er verneigte sich vor der jungen Dame und schüttelte Lord Claythorpe die Hand.

»Darf ich Ihnen meine Nichte vorstellen – sie ist allerdings nicht direkt meine Nichte«, sagte Claythorpe lächelnd, »sondern die Nichte eines sehr guten Freundes. Außerdem ist sie die junge Dame, die bei dem Einbruch in mein Büro hauptsächlich geschädigt wurde. Wie Sie wissen, gehören die Wertpapiere ihr.«

»Ich glaube, ich kenne Miss Wilberfore schon vom Sehen«, entgegnete Peter lächelnd.

»Sie wollte mir eben eine interessante Mitteilung machen, als Sie kamen. Nun, Joyce, möchtest du jetzt so liebenswürdig sein . . .?«

»Ich wollte nur sagen, daß ich heute morgen dies hier erhielt.« Sie öffnete ihre Handtasche, zog ein Schriftstück heraus, entfaltete es und legte es auf den Tisch. Als der Lord es sah, wurde er bleich, denn es war der Schuldschein über hunderttausend Dollar, den er am vergangenen Abend nach Australien geschickt hatte.

»Ich entsinne mich«, fuhr Joyce fort, »daß dies ein Teil meiner Erbschaft war. Du erinnerst dich wohl, daß ich eine Liste aller Vermögenswerte erhielt, die mir gehören?«

Lord Claythorpe feuchtete die trockenen Lippen mit der Zunge an. »Ja«, sagte er heiser. »Das gehört zu deinem Vermögen.«

»Wie haben Sie denn das Schriftstück erhalten?« fragte Peter Dawes.

»Ich habe es heute morgen im Briefkasten entdeckt.«

»War kein Brief beigefügt?«

»Nein. Ich habe aber das Gefühl, daß die Zusendung dieses Scheins irgendwie mit dem Postraub zusammenhängt. Ich dachte, du hättest dieses Dokument vielleicht mit der Post an mich geschickt und einen Brief beigefügt.«

»Das ist unmöglich«, erwiderte Peter Dawes ruhig. »Wenn dieser Schuldschein wirklich zu Ihrer Erbschaft gehört, dann hätte er doch bei den Papieren sein müssen, die bei der Ermordung Remingtons aus dem Geldschrank gestohlen wurden. – Ist das nicht auch Ihre Ansicht, Lord Claythorpe?«

Der Lord nickte. »Da hast du wirklich Glück, Joyce«, sagte er heiser. »Ich habe nicht die geringste Ahnung, wie das Schriftstück in deinen Briefkasten gekommen ist. Vielleicht wußte der Dieb, der Remington ermordet hat, daß es dir gehört, und hat es dir deshalb wieder zugestellt.«

Das junge Mädchen nickte.

»Der Dieb kann doch niemand anders gewesen sein als die

›Quadrat-Jane‹«, meinte Peter Dawes und beobachtete den Lord genau.

»Ja, wer sollte es sonst gewesen sein?« entgegnete Claythorpe, der den Blick des Chefinspektors ruhig aushielt. »Sie war die Täterin, da man ja ihr Papiersiegel auf der Innenseite des Safes gefunden hat.«

»Das stimmt. Aber eine wichtige Tatsache ist dabei übersehen worden.«

»So? Und was wäre das?«

»Das Papiersiegel war vorher schon einmal benutzt worden«, erwiderte Peter langsam. »Es handelt sich um einen Zettel, der früher schon einmal aufgeklebt worden war. Ich konnte es auf der Rückseite deutlich sehen, als ich ihn ablöste.«

Joyce und der Lord sahen den Chefinspektor überrascht an.

»Das ist ja merkwürdig«, sagte Claythorpe. »Was folgern Sie daraus?«

Dawes zuckte die Schultern. »Höchstens, daß jemand vergeblich versucht, die ›Quadrat-Jane‹ für seine Verbrechen verantwortlich zu machen. Die Sache ist zu durchsichtig. Außerdem war es nicht gerade klug, daß der Betreffende das getan hat, denn der Kreis der Leute, die von der ›Quadrat-Jane‹ Papiersiegel erhalten haben, ist nicht sehr groß. – Aber gestatten Sie, daß ich Platz nehme?«

Der Lord hatte bis jetzt vergessen, dem Chefinspektor einen Stuhl anzubieten. Verlegen nickte er.

Dawes zog einen Stuhl an den Tisch und setzte sich.

»Ich habe versucht, das Verbrechen zu rekonstruieren, aber einiges kann ich mir nicht recht erklären. Zunächst einmal war mir von Anfang an klar, daß in der Nacht, als Remington ermordet wurde, keine Frau in Ihrem Büro war.«

Lord Claythorpe zog die Augenbrauen hoch. »Aber damit läßt sich doch nicht in Einklang bringen, daß der Polizist, der als erster ins Büro trat, deutlich den Geruch von Parfüm wahrnahm. Ich habe den Duft auch bemerkt, als ich kam.«

»Meinen Sie, das wäre mir entgangen?« fragte Peter. »Gerade daran erkennt man doch, daß die ›Quadrat-Jane‹ mit der ganzen Sache nichts zu tun hat. Eine kühl überlegende Frau wie sie ist sicher nicht so dumm, durch ein starkes Parfüm der Polizei einen Anhaltspunkt zu liefern. Daran kann man doch eine Frau leicht erkennen. Bisher hat sie bei all ihren Unternehmungen niemals einen solchen Parfümduft hinterlassen. Diese Tatsache allein gab mir die Gewißheit, daß das Verbrechen von einem Mann begangen wurde, der das Parfüm auf den Boden goß. Aber er hat es sehr plump gemacht und nur das Gegenteil von dem erreicht, was er wollte.«

»Sie sagten vorhin, daß Sie das Verbrechen rekonstruiert hätten. Wie hat sich denn Ihrer Meinung nach die Sache zugetragen?« fragte der Lord nach einer Pause.

»Meiner Ansicht nach ist Remington ins Büro gegangen mit der Absicht, den Inhalt des Geldschranks zu prüfen«, erklärte Peter offen. »Vermutlich hat er alles auf den Tisch gelegt, und dabei wurde er von jemandem überrascht, der auch ins Büro kam. Die beiden hatten dann eine Auseinandersetzung, in deren Verlauf Remington erschossen wurde.«

»Meinen Sie, daß der Mann, der hinzukam, ein Einbrecher war?« fragte der Lord.

Peter schüttelte den Kopf. »Nein, der zweite hat die Tür gleichfalls aufgeschlossen, und zwar auch mit dem richtigen Schlüssel. Das geht schon daraus hervor, daß sie nicht aufgebrochen war. Ich habe das Schloß genau untersucht, aber keine Spuren gefunden, die darauf hindeuten, daß ein Dietrich benützt wurde. Der Mann muß auch sehr genau mit Lage und Einrichtung des Büros vertraut gewesen sein. Nachdem er Remington erschossen hatte, drehte er das Licht aus und ließ die Rollos hoch, die Remington heruntergezogen hatte, damit der Lichtschein von der Straße aus nicht gesehen werden konnte. Es besteht gar kein Zweifel, daß die Rollos vorher heruntergezogen waren, denn der Polizist, der auf der anderen Seite der Straße stand, hat kein Licht beobachten können. Ich habe mich auch selbst davon überzeugt, daß die Rollos lichtundurchlässig sind. Der Mann, der den Mord beging, kannte sich in dem Büro sehr gut aus; im Dunkeln ließ er die Rollos an den drei Fenstern in die Höhe.«

Wieder trat eine Pause ein.

»Das ist aber eine reichlich phantastische Theorie, wenn ich so sagen darf«, bemerkte dann Lord Claythorpe. »Sie entspricht durchaus nicht dem üblichen kühlen, vorsichtigen Vorgehen der Beamten von Scotland Yard.«

»Das mag Ihr Urteil sein«, entgegnete Peter ruhig, »aber wir haben manchmal auch etwas phantastische Ansichten in Scotland Yard.«

Er sah auf den Schuldschein, der immer noch auf dem Tisch lag.

»Ich vermute, Mylord, daß Sie nach Ihren traurigen Erfahrungen dieses Dokument nun auf der Bank deponieren werden?«

»Selbstverständlich«, erwiderte der Lord kurz.

Peter wandte sich an Joyce. »Ich gratuliere Ihnen, daß Sie wenigstens einen Teil Ihres Vermögens wiedererhalten haben. Soviel ich weiß, wird es von Lord Claythorpe verwaltet, bis Sie verheiratet sind?«

Der Lord zuckte zusammen. »Verheiratet?« wiederholte er.

Er fing einen Blick von Joyce auf, die ihm verschmitzt zulächelte.

»Soweit wären wir ja nun«, erklärte sie.

»Das heißt, wenn deine Verheiratung von mir genehmigt ist«, erwiderte der Lord und richtete sich auf.

»Ich glaube doch, daß du mir die Einwilligung gegeben hast«, widersprach sie und öffnete ihre Handtasche.

»Ich werde dir den Schuldschein morgen offiziell zustellen«, entgegnete der Lord förmlich.

Peter Dawes und Joyce verließen danach das Haus gemeinsam und gingen eine Weile schweigend nebeneinander her.

»Ich würde viel darum geben, wenn ich wüßte, was Sie im Augenblick denken«, sagte sie plötzlich.

»Und ich würde noch mehr darum geben, wenn ich wüßte, was Sie denken«, gab Peter lächelnd zurück.

Dann trennten sie sich.

Am Abend gab Mr. Grandman ein großes Essen im ›Ritz-Carlton‹. Joyce hatte eine Einladung dazu erhalten, aber sie dachte nicht daran, ihr Folge zu leisten, bis sie zu ihrem Hotel zurückkehrte.

Ein hübscher junger Mann erhob sich, als sie das Vestibül betrat, und kam lächelnd auf sie zu. Er nahm ihren Arm, und sie gingen langsam den Korridor entlang, der zum Fahrstuhl führte.

Das ist also Mr. Jamieson Steele, sagte sich Peter Dawes, der ihr unauffällig bis zum Hotel gefolgt war. Gedankenvoll sah er den beiden nach. Dann ging er zu Mr. Grandman, mit dem er verabredet war.

»Ich habe gehört, daß Sie den Fall ›Quadrat-Jane‹ bearbeiten, Mr. Dawes«, empfing ihn dieser, »und ich dachte, es wäre ganz gut, Sie heute abend zu dem Essen einzuladen.«

»Laden Sie mich als Beamten oder privat ein?« fragte Peter lächelnd.

»Sowohl das eine wie das andere«, erklärte Mr. Grandman offen. »Mr. Dawes, ich will mit der Wahrheit nicht hinter dem Berg halten. Sie wissen sehr wohl, daß ich aus geschäftlichen Gründen mit vielen Leuten in London verkehren muß. Von Zeit zu Zeit gebe ich daher Gesellschaften, zu denen ich alles einlade, was irgendwie Namen und Einfluß hat. Bisher habe ich diese Gesellschaften in meinem eigenen Haus gegeben, aber nach den unangenehmen Erfahrungen, die ich kürzlich machen mußte, werden Sie es verstehen, daß ich vorsichtig geworden bin«, sagte er grimmig.

Peter nickte verständnisvoll.

»Ich möchte Ihnen noch ein paar Worte über die ›Quadrat-Jane‹ sagen«, erklärte Grandman. »Wollen Sie so liebenswürdig sein und einmal nachsehen, ob die Tür geschlossen ist?«

Peter erhob sich und schaute nach, ob draußen jemand war, dann schloß er die Tür sorgfältig.

»Ich möchte nämlich nicht, daß bekannt wird, was ich Ihnen jetzt sage«, fuhr Grandman fort. »Bei dem Diebstahl in meinem Hause habe ich verschiedene Beobachtungen gemacht. Wissen Sie zum Beispiel, daß die ›Quadrat-Jane‹ nur Schmuckstücke gestohlen hat, die Lord Claythorpe anderen Leuten geschenkt hatte?

Sie ist in fast allen Räumen meiner Gäste gewesen. Merkwürdigerweise hat sie sich aber gerade die Schmuckstücke ausgesucht, die Claythorpe den Betreffenden geschenkt hatte. Zum

Beispiel stammte das Armband, das meiner Frau gestohlen wurde, von ihm, ebenso meine Manschettenknöpfe. Ist das nicht sehr seltsam?«

»Es paßt durchaus zu der Theorie, die ich mir gebildet habe. Die ›Quadrat-Jane‹ hat einen Feind, und zwar den Lord Claythorpe.«

»Ja, das ist auch meine Meinung. Heute abend gebe ich nun wieder eine große Gesellschaft, und es werden auch Damen zugegen sein. Seit dem Einbruch in meinem Haus sind sie etwas ängstlich, wenn sie von mir eingeladen werden. Trotzdem werden sie natürlich heute abend reichlich Schmuck tragen. Nun bin ich aus einem Grund nervös: Claythorpe hat darauf bestanden, daß ich Lola Lane einlade.«

»Die Tänzerin?« fragte Peter überrascht.

Grandman nickte. »Sie ist eng mit dem Lord befreundet – ich dachte, daß Sie das wüßten. Er hat doch das Stück finanziert, in dem sie auftritt. Wir können ruhig sagen, daß der alte Mann in das junge Mädchen ziemlich verschossen ist.«

Mr. Grandman zog nachdenklich an seiner Zigarre, ehe er fortfuhr.

»Ich bin durchaus nicht kleinlich, Mr. Dawes, das werden Sie wohl verstehen. Wie sich andere Leute amüsieren, geht mich nichts an. Claythorpe hat auch im Augenblick noch zu großen Einfluß in der City, als daß ich ihm einen solchen Wunsch abschlagen könnte. Ich bin nur besorgt, weil die Tänzerin wahrscheinlich die Gelegenheit benützen wird, ihren kostbaren Schmuck zu tragen.«

Er tat wieder einige Züge an seiner Zigarre, dann sah er nachdenklich auf die Asche.

»Den Schmuck hat sie hauptsächlich von Lord Claythorpe geschenkt erhalten.«

»Das ist mir neu.«

»Ja, ich weiß, daß es vielen Leuten unbekannt ist, denn man hält Claythorpe für einen absolut dezenten Mann.« Mr. Grandman lachte. »Ich wollte Ihnen aber noch etwas anderes sagen. Diese Tänzerin Lola hat ihren Freunden erzählt, daß sie in etwa sechs Monaten nach Argentinien gehen werde. Das habe ich von

92

einem meiner Bekannten erfahren. Sie wurde nun gefragt, ob Lord Claythorpe damit einverstanden sei. Diese Künstlerinnen sprechen ja ganz offen über derartig intime Dinge. Sie bejahte die Frage.«

»Das heißt also, daß Claythorpe sie wahrscheinlich begleiten wird.«

Grandman nickte.

»Das ist mir allerdings auch neu. – Ich danke Ihnen; ich werde Ihre Einladung für heute abend gern annehmen.«

»Ausgezeichnet«, erklärte Grandman vergnügt. »Und ich möchte Ihnen auch gleich verraten, daß ich Sie neben Lola setzen werde.«

Als Peter am Abend in den großen Speisesaal trat, den Mr. Grandman gemietet hatte, suchte er nach der Tänzerin. Er hatte ihr Bild verschiedentlich in Illustrierten gesehen, und es fiel ihm nicht schwer, sie unter den anderen Damen herauszufinden. Selbst wenn er ihr Gesicht nicht gekannt hätte, wäre sie ihm aufgefallen, denn sie trug ein etwas gewagtes Abendkleid. Peter erinnerte sich auch, daß ihr Name mehrfach in Verbindung mit Gesellschaftsskandalen genannt worden war.

Besonders interessierte ihn die Smaragdkette der Künstlerin. Die großen grünen Steine funkelten prachtvoll in der Lichtfülle. Zweifellos trug Lola Lane den wertvollsten Schmuck im ganzen Saal.

Allem Anschein nach hatte Grandman Lord Claythorn erklärt, warum er den Chefinspektor von Scotland Yard eingeladen hatte, denn der Lord begrüßte Peter liebenswürdig und schien auch nichts dagegen zu haben, daß dieser die Tänzerin zu Tisch führte.

Nachdem Peter Lola Lane vorgestellt worden war, sah er zu seiner Überraschung, daß Joyce Wilberforce den Saal betrat.

»Ich hatte nicht erwartet, Sie heute abend noch zu sehen«, erklärte Peter, als er sie kurz darauf begrüßte.

»Ich hatte auch anfänglich nicht die Absicht zu kommen, aber mein Mann riet es mir. Sie wissen doch, daß ich verheiratet bin?«

»Ja, das ist mir bekannt«, entgegnete er lachend.

»Mein Mann hatte eine Verabredung und sagte, daß ich auf die Gesellschaft gehen solle, um mich abzulenken. – Was sagen Sie zu dem kostbaren Smaragdschmuck, den Lola Lane trägt?« fragte sie, und ihre Augen blitzten auf. »Soviel ich gehört habe, sind Sie eigens gekommen, um ihn zu bewachen.«

Peter lächelte.

»Der Schmuck ist einzigartig und fällt natürlich auf, aber ich kann nicht gerade sagen, daß ich die Dame, die ihn trägt, bewundere«, fügte Joyce hinzu.

Peter erwiderte nichts darauf.

Später führte er die Tänzerin zu Tisch. Er fand sie ziemlich langweilig. Ihr Interesse erwachte nur dann, wenn sich die Unterhaltung um Kleider oder um Klatsch drehte. Joyce Wilberforce saß den beiden bei Tisch direkt gegenüber.

Die Unterhaltung war in vollem Gange, als Joyce plötzlich laut aufschrie und ihre Füße hochzog.

»Da! Da!« schrie sie und zeigte auf den Fußboden. »Eine Ratte!«

Peter lehnte sich vor und sah das graubraune Tier, das an der Scheuerleiste entlanglief. Die Damen schrien alle durcheinander und zogen auch die Füße in die Höhe. Das war das letzte, was er sah, denn in der nächsten Sekunde erloschen plötzlich alle Lampen, und Lola Lane stieß einen gellenden Schrei aus.

»Meine Halskette!«

Alle riefen durcheinander, und jeder gab einen anderen Rat. Peter war der einzige, der seine Geistesgegenwart bewahrte. Rasch entzündete er ein Streichholz. Er sah Lola neben sich, die die Hände an den Hals hielt.

Die kostbare Smaragdkette war verschwunden!

Es dauerte fünf Minuten, bis das Licht wieder brannte.

»Niemand darf den Saal verlassen!« rief Peter. »Alle müssen sich durchsuchen lassen, und –«

Sein Blick fiel auf eine kleine weiße Karte, die vor ihm auf dem Tisch lag. Als das Licht ausging, war sie noch nicht dagewesen. Er brauchte sie nicht umzudrehen, er wußte schon vorher, daß ihn auf der anderen Seite nur vier Quadrate und ein J höhnisch angrinsen würden.

8

Peter Dawes mußte schnell einen Entschluß fassen. Seine Gedanken rasten. Nur durch außerordentliche Willensanstrengung war es ihm möglich, sich auf die Ereignisse zu konzentrieren, die dem Raub der Smaragdkette vorausgegangen waren.

Zuerst hatte Joyce Wilberforce zweifellos eine Ratte gesehen. Er selbst hatte das Tier ja auch beobachtet. In ihrem Schrecken hatte sie natürlich die Füße hochgezogen. Dann hatte er gesehen, wie Lola Lane dasselbe tat. Das war natürlich und typisch weiblich. Was hatte er aber sonst noch gesehen? Eine Hand – die Hand eines Kellners, die sich zwischen ihn und seine Tischdame schob. Dann erinnerte er sich an eine besondere Eigentümlichkeit, die ihm aufgefallen war. Er hatte gerade den Kopf drehen wollen, als plötzlich Joyces Schrei seine Aufmerksamkeit ablenkte.

Irgend etwas Besonderes hatte er an der Hand entdeckt. Er richtete seine Gedanken auf diese Einzelheit, und es kam ihm sofort zum Bewußtsein, daß er wahrscheinlich die Lösung des Geheimnisses finden würde, wenn es ihm gelang, sich auf dieses Detail zu besinnen. Er erinnerte sich jetzt, daß die Hand maniküert war, was bei einem Kellner auffiel. Einen Ring hatte er nicht an der Hand gesehen. Plötzlich erinnerte er sich: Der kleine Finger war zu kurz gewesen!

Er verließ den Saal. Inzwischen waren genügend Polizeibeamte gekommen, die die Durchsuchung der Gäste durchführen konnten. Er selbst nahm ein Taxi und fuhr zu dem Hotel, in dem Joyce Steele mit ihrem Mann wohnte.

»Mrs. Steele ist ausgegangen, aber Mr. Steele ist eben zurückgekehrt«, erklärte der Portier. »Soll ich Sie melden?«

»Das ist nicht nötig«, erwiderte der Inspektor und zeigte seinen Ausweis. »Ich werde ihn in seinem Zimmer aufsuchen. Welche Nummer ist es?«

Er erhielt die gewünschte Auskunft, und ein Page brachte ihn bis zur Tür des Zimmers. Er klopfte nicht erst an, sondern drückte gleich die Klinke herunter und trat ein.

Jamieson Steele saß in einem Sessel vor dem Kaminfeuer. Als Peter eintrat, wandte er ihm den Kopf zu.

»Hallo, Mr. Dawes!« sagte er ruhig.

»Sie kennen mich? Kann ich Sie kurz sprechen?«

»Selbstverständlich. Nehmen Sie doch bitte Platz. – Nun, welchem Umstand verdanke ich Ihren Besuch? Hat unser böser Onkel tatsächlich die Beschuldigung wegen des angeblich gefälschten Schecks noch nicht fallengelassen?«

Peter Dawes lächelte.

»Darum handelt es sich nicht. Ich möchte mir nur einmal Ihre Hände betrachten.«

»Meine Hände?« fragte Steele erstaunt und lächelte. »Beschäftigen Sie sich mit Handlesen und Wahrsagen?«

»Das kaum«, entgegnete Peter kurz, während Jamieson die Hände vor ihm ausstreckte.

»Was haben Sie an Ihrem kleinen Finger?« fragte er.

Jamieson betrachtete nun auch seine Finger und lachte.

»Sie meinen, der kleine Finger ist etwas zu kurz geraten? Das ist der einzige Fehler, den ich an meinem Körper habe.«

»Wo waren Sie heute abend?«

»An verschiedenen Stellen, übrigens auch bei Scotland Yard.«

»Was haben Sie dort gemacht?« fragte Peter ungläubig.

»Ich wollte Sie wegen der sonderbaren Beschuldigung sprechen, die Lord Claythorpe gegen mich vorbringt. Von Zeit zu Zeit wärmt er die alte Geschichte immer wieder auf. Außerdem wollte ich eine Erklärung abgeben, da Sie den Fall bearbeiten, der meine Frau besonders angeht. Und dann wollte ich Ihnen noch sagen, warum ich mich dem Gericht nicht stellte, als Claythorpe mich wegen Urkundenfälschung angezeigt hatte.«

»Wann sind Sie von Scotland Yard fortgegangen?«

»Vor etwa einer halben Stunde.«

Peter schaute ihn scharf an. Steele trug einen gewöhnlichen Straßenanzug und ein Sporthemd. Die Hand, die Peter beim Festessen aufgefallen war, hatte in einer steifen Manschette und einem schwarzen Frackärmel gesteckt.

»Aber warum fragen Sie das alles? Warum sehen Sie mich so durchdringend an? Was ist denn los?« fragte Steele.

»Heute abend ist im ›Ritz-Carlton‹ ein Diebstahl verübt worden. Ein Mann, der als Kellner verkleidet war, hat eine Smaragdkette gestohlen.«

»Und nun haben Sie mich in Verdacht?« erwiderte Steele ironisch. »Gut, ich gebe Ihnen die Erlaubnis, meine Zimmer zu durchsuchen.«

»Darf ich Ihren Frack einmal sehen?«

Steele führte ihn ins Schlafzimmer und öffnete einen Koffer. Der Frack lag ganz zuunterst, sorgfältig zusammengelegt und tadellos sauber.

»Wenn Sie nichts dagegen haben, werde ich jetzt Ihre Zimmer durchsuchen. Sie wissen wohl, daß ich nicht dazu berechtigt bin; ich kann es daher nur mit Ihrer Erlaubnis tun.«

»Die habe ich Ihnen ja bereits gegeben. Wenn Sie mich in Verdacht haben, ist es besser, die Sache wird sofort geklärt. Nehmen Sie auf mich weiter keine Rücksicht, ich fühle mich durch Ihre Maßnahmen nicht getroffen.«

Peter gab sich die größte Mühe bei der Durchsuchung, aber so sorgfältig er auch arbeitete, er fand nichts.

»Dort ist das Zimmer meiner Frau«, erklärte Steele nach einer Weile. »Vielleicht würden Sie das auch gern durchsuchen?«

»Ja«, entgegnete Peter sofort.

Aber auch hier blieben seine Bemühungen erfolglos.

Er öffnete jedes Fenster der drei Zimmer und tastete draußen die Simse ab, ob er nicht eine Schnur oder einen Faden finden könnte, an dem die Smaragdkette aufgehängt war. Es war ja ein alter Trick, ein gestohlenes Schmuckstück an einem Faden aufzuhängen und diesen mit einem Stück Heftpflaster an dem unteren Teil des äußeren Fenstersimses zu befestigen.

»Und nun wäre es vielleicht ganz angebracht, wenn Sie mich durchsuchten?« meinte Steele.

Peter nickte und tastete ihn ab.

»Sehen Sie jetzt, daß ich unschuldig bin?« fragte Steele, als Peter zurücktrat. »Nehmen Sie doch bitte Platz, dann erzähle ich Ihnen einmal etwas von Lord Claythorpe, was Sie sicher interessieren wird. Sie wissen selbstverständlich, daß er schon seit langer Zeit vor dem Bankrott steht. – Aber setzen Sie sich doch«, bat er noch einmal.

Peter folgte der Aufforderung.

»Wenn Sie sich bedienen wollen – hier ist auch eine Zigarre, um Ihre Nerven zu beruhigen«, fügte Steele lächelnd hinzu.

»Ich kann nicht mehr lange bleiben«, erwiderte Dawes. »So viel Zeit habe ich nicht. Aber ich würde gern Ihre Ansicht über diesen Fall hören.«

Er nahm die angebotene Zigarre und schnitt die Spitze ab, während Steele wieder das Wort ergriff.

»Claythorpe hat, wie ich Ihnen schon vorher sagte, in den letzten Jahren kein nennenswertes Vermögen mehr besessen, sondern dauernd mit dem Zusammenbruch gekämpft. Von seinen frühesten Tagen an hat er eigentlich nur von Schiebungen gelebt und dabei das Geld mit vollen Händen zum Fenster hinausgeworfen.«

Peter nickte; er hatte auch schon davon gehört.

»Er ist ein sehr gerissener und gewissenloser Charakter und benützt den Titel als Fassade. Er hat es verstanden, sich in der Gesellschaft einen Namen zu machen, und außerdem hat er verschiedene einflußreiche Freunde. Einer von diesen war der Onkel meiner Frau – ein gutmütiger, harmloser Mensch, der in Südafrika ein großes Vermögen erworben hatte. Claythorpe hat ihn ganz gehörig geschröpft und hätte ihn wahrscheinlich ruiniert, wenn der Mann nicht vorher gestorben wäre. Der Onkel meiner Frau hinterließ seinen Freunden ziemlich hohe Legate; der Rest seines überaus großen Vermögens fiel an meine Frau. Claythorpe wurde zum alleinigen Testamentsvollstrecker ernannt und erhielt außerdem ungewöhnliche Vollmachten. Zu dem Vermögen, das meine Frau erbte – oder vielmehr an ihrem Hochzeitstag erben sollte –, gehörte auch eine kleine Kohlengrube in Nordengland, die beim Tod des Erblassers von einem jungen Ingenieur geleitet wurde, dessen Namen ich aus Gründen der Bescheidenheit im Augenblick nicht erwähnen möchte.«

»Fahren Sie nur ruhig fort«, erwiderte Peter lächelnd.

»Als Claythorpe plötzlich über ein so ungeheures Vermögen verfügte, wollte er damit vor allem Geschäfte machen. Zuerst kam es ihm in den Sinn, das Kohlenbergwerk, das ich damals leitete, in eine Aktiengesellschaft umzuwandeln. Das wäre ja auch ganz gut gegangen, aber er gab den Wert der Kohlengrube sechsmal höher an, als es ihrem tatsächlichen Wert entsprach.«

Peter nickte.

»Um nun aber die Prospekte versenden und die Aktien auf den Markt bringen zu können, war es notwendig, daß genau die Kohlenmengen angegeben wurden, die in der Grube noch abbaufähig waren. Ebenso mußten über Förderbedingungen und alle technischen Einzelheiten genaue Angaben gemacht werden, und so erhielt ich von ihm den Auftrag, einen günstigen Bericht darüber auszuarbeiten. Das Publikum sollte dadurch angelockt werden, Aktien zu kaufen. Nachdem Claythorpe lange mit mir über die Sache verhandelt und ich den gemeinsamen Plan durchschaut hatte, sagte ich glatt ab und erklärte ihm auch, daß ich in den Wirtschaftszeitungen warnende Artikel bringen würde, wenn er diese Gesellschaft gründen sollte. So zwang ich ihn, seinen Plan fallenzulassen. Claythorpe hat mir das niemals verziehen. Nun hatte ich für ihn, außer meiner normalen Tätigkeit, noch verschiedene andere Arbeiten geleistet, und eines Tages rief er mich in sein Büro in der St. James Street und gab mir einen Scheck als Bezahlung für meine Tätigkeit. Ich sah sofort, daß die Summe bedeutend höher war, als ich erwartet hatte, und ich glaubte, daß der Lord mir mehr Geld zukommen lassen wollte, um mich seinen Wünschen gefügig zu machen. Außerdem sah die Unterschrift von Lord Claythorpe ein wenig merkwürdig aus. Trotzdem nahm ich den Scheck und brachte ihn ein paar Tage später zu meiner Bank. Wieder ein paar Tage später wurde ich in sein Büro gerufen, und dort warf er mir Urkundenfälschung vor.«

Steele machte eine Pause und blies einige Rauchringe zur Decke hinauf.

»Sie können sich vielleicht denken, daß ich aus allen Wolken fiel. Das richtigste und vernünftigste wäre gewesen, mich zu verteidigen. Ich hätte ruhig die Anklage gegen mich erheben und den Prozeß seinen Gang nehmen lassen sollen. Ich hätte mich ja glänzend rechtfertigen können, und die ganze Sache hätte mit einem Triumph meinerseits geendet. Richter und Geschworene hätten unbedingt meine Unschuld erkennen müssen, aber ich

99

konnte damals nicht klar und unvoreingenommen über die Sache urteilen, und so tat ich das Richtige nicht. Remington gab mir damals den Rat zu fliehen, und leider bin ich darauf eingegangen. Die einzige Person, die wußte, wo ich mich aufhielt, war Joyce.

Ich brauche Ihnen ja weiter nichts über sie zu sagen, denn Sie wissen wahrscheinlich alles Wissenswerte genauso wie ich. Schon seit Jahren habe ich sie geliebt, und meine Zuneigung wurde von ihr erwidert. Sie drang in mich, nach London zu kommen und den Prozeß über mich ergehen zu lassen, aber damals glaubte ich, daß sie keinen rechten Überblick hätte und zu kindlich und unschuldig wäre, um die Sachlage richtig zu beurteilen.«

Peter wartete.

»Das ist die ganze Geschichte. Mehr kann ich Ihnen nicht erzählen.«

»Aber vielleicht erklären Sie mir noch, warum Sie sich heute abend, als Kellner verkleidet, im ›Ritz-Carlton‹ aufhielten?«

Steele sah ihn mit einem merkwürdigen Lächeln an. »Ich könnte das erklären, wenn ich tatsächlich dort gewesen wäre. Aber soll ich wirklich eine Erklärung erfinden und Ihnen etwas vorflunkern, nur, damit Ihnen gedient ist?«

»Ich bin fest davon überzeugt, daß Sie heute abend im ›Ritz-Carlton‹ waren. Allerdings bin ich ebenso fest überzeugt, daß man Ihre Anwesenheit bei der Gesellschaft von Mr. Grandman unmöglich beweisen kann.« Peter erhob sich. »Ich fahre jetzt zurück, aber ich glaube nicht, daß einer der Beamten die Smaragdkette gefunden hat.«

»Nehmen Sie sich doch noch eine Zigarre«, entgegnete Steele und reichte ihm die offene Kiste.

Peter schüttelte den Kopf. »Nein, danke.«

»Aber die tun Ihnen doch nichts! Nehmen Sie noch eine Handvoll und stecken Sie sie ein.«

Peter lehnte es lachend ab.

»Ich glaube, ich bin ziemlich am Ende mit der Untersuchung des Falles der ›Quadrat-Jane‹«, sagte er mit sonderbarer Betonung. »Und ich glaube nicht, daß ich besondere Lorbeeren dabei ernten werde.«

»Darin gebe ich Ihnen recht. Es ist ein ganz verzwickter Fall.«
Peter schüttelte den Kopf. »Für mich ist er gar nicht mehr so verzwickt, denn ich habe das Geheimnis gelöst. Ich weiß, wer die ›Quadrat-Jane‹ ist und warum sie Claythorpe und seine Freunde beraubt hat.«

»So, Sie kennen sie?« fragte Steele nachdenklich.

Peter nickte.

Fünf Minuten, nachdem der Chefinspektor die Tür geschlossen hatte, erhob sich Jamieson Steele und riegelte sie ab. Er machte auch die beiden Türen zu, die von den Schlafzimmern ins Wohnzimmer führten. Dann stellte er die Zigarrenkiste auf den Tisch und nahm alle Zigarren heraus. Auf dem Boden lag die prachtvolle, glitzernde Smaragdkette. Nachdenklich ließ er sie durch die Finger gleiten, betrachtete sie einige Zeit und wickelte sie dann vorsichtig in ein seidenes Tuch. Dieses steckte er ein. Er packte darauf die Zigarren vorsichtig wieder in die Kiste, nahm seinen weichen Filzhut und schlüpfte in einen langen dunkelblauen Mantel.

Er zögerte einen Augenblick, bevor er die Tür öffnete, knöpfte den Mantel wieder auf, nahm das Tuch mit der Kette heraus und steckte es in die äußere Manteltasche. Hätte er sich in diesem Augenblick umgesehen, dann hätte er einen von Peters Leuten bemerkt, der sich vorher in sein Schlafzimmer geschlichen und jede seiner Bewegungen beobachtet hatte. Der Chefinspektor war nämlich nicht allein gekommen.

Jamieson Steele ging so schnell, daß der Kriminalbeamte ihn nur noch im Fahrstuhl verschwinden sah, als er den Korridor erreichte. Der Lift fuhr gerade nach unten. Der Beamte lief, so schnell er konnte, die Treppe zur Halle hinab.

Der letzte Treppenabsatz war zu einem breiten Marmorbalkon erweitert, der einen Überblick über die Eingangshalle gewährte. Der Detektiv lehnte sich über das Geländer, sah nach unten, entdeckte Peter Dawes, der in der Nähe des Eingangs wartete, und gab ihm ein Zeichen mit der Hand. Im nächsten Augenblick erreichte der Fahrstuhl das Erdgeschoß, und Jamieson Steele trat heraus.

Er hatte gerade die Mitte der großen Halle erreicht, als Peter ihm in den Weg trat.

»Mr. Steele, ich muß Sie verhaften.«

Joyce Steele, die eben durch die große Drehtür hereingekommen war, hörte diese Worte.

»Sie wollen mich verhaften?« fragte Steele, aufs höchste erstaunt. »Aber warum denn?«

»Ich nehme Sie in Haft, weil Sie im Verdacht stehen, heute abend im ›Ritz-Carlton‹ die Smaragdkette Lola Lanes gestohlen zu haben.«

»Sie sind wohl wahnsinnig geworden!« erwiderte Steele, und seine Züge verhärteten sich.

»Was, Sie wollen ihn verhaften? Nein, das dürfen Sie nicht!« sagte Joyce außer sich. Im nächsten Augenblick umarmte sie Steele. »Das ist nicht wahr, das ist eine ganz gemeine Lüge«, rief sie schluchzend.

Steele schob sie sanft von sich. »Geh auf dein Zimmer, Joyce. Hier kannst du nicht bleiben. Mr. Dawes hat sich geirrt, er wird es sehr bald einsehen.«

Der Beamte, der Steele oben beobachtet hatte, war inzwischen auch herbeigekommen.

»Er hat die Halskette«, sagte er triumphierend, »ich habe es deutlich gesehen. Sie lag auf dem Boden der Zigarrenkiste. Jetzt steckt sie in seiner Manteltasche.«

»Strecken Sie die Hände aus«, befahl Peter.

Im nächsten Augenblick hatte er Jamieson Steele Handschellen angelegt.

»Darf ich zur Polizei mitkommen?« fragte Joyce.

»Es wäre besser, wenn Sie im Hotel blieben. Vielleicht kann Ihr Mann seine Unschuld doch noch beweisen, aber Sie können ihm nicht dabei helfen.«

Sie ließen sie in der Halle zurück und brachten den Gefangenen zur Polizeistation Cannon Row.

»Nun wollen wir einmal Ihre Taschen durchsuchen, wenn Sie nichts dagegen haben«, sagte Peter.

»Bitte – suchen Sie nur«, erwiderte Steele ruhig.

»Wo hat er den Schmuck versteckt?« wandte sich Peter an den Detektiv.

»In der rechten äußeren Manteltasche.«

Peter begann mit der Durchsuchung.

»Ich finde nichts.«

»Das ist doch ganz ausgeschlossen«, erwiderte sein Untergebener erstaunt. »Ich habe mit meinen eigenen Augen gesehen, daß er den Schmuck in die Tasche gesteckt hat. Er nahm ihn zuerst aus der Rocktasche –«

»Gut, dann wollen wir zunächst die anderen Taschen durchsuchen. Ziehen Sie den Rock aus, Steele.«

Die Handschellen wurden dem Gefangenen abgenommen, und Peter durchsuchte alles mit der größten Gründlichkeit, aber das Resultat blieb negativ. Die beiden Kriminalbeamten sahen sich betroffen an.

»Sie müssen sich wohl geirrt haben«, sagte Peter. »Es tut mir leid, daß wir Ihnen soviel Mühe und Umstände gemacht haben, Mr. Steele.«

»Sehen Sie doch einmal auf dem Boden des Autos nach«, meinte Peters Untergebener.

Peter lachte.

»Ich wüßte nicht, wie er den Schmuck hätte aus der Tasche ziehen sollen. Seine Hände waren doch gefesselt, und außerdem saß ich neben ihm und habe ihn dauernd scharf beobachtet. Aber Sie können ja nachsehen; der Wagen steht noch vor der Tür.«

Der Beamte eilte sofort hinaus. Er gab sich die größte Mühe, aber er konnte auch dort nichts entdecken.

Plötzlich lachte Peter leise vor sich hin; ihm war ein Gedanke gekommen.

»Ich gebe die Sache auf, Steele. Ich bin immer noch zu gutgläubig und traue den Menschen zu sehr.«

Ihre Blicke trafen sich, und Steele zwinkerte ihm zu.

»Es ist gut«, sagte Peter. »Lassen Sie den Mann frei.«

»Aber wir können ihn doch nicht einfach wieder gehen lassen!«

»Es bleibt dabei. Wir haben keine Beweise, und wir werden auch kein Material gegen ihn finden.«

Peter war inzwischen klargeworden, wie die Smaragdkette aus Steeles Tasche verschwunden war, und er wußte auch, daß ein Versuch, sie jetzt noch aufzufinden, erfolglos sein mußte.

»Wenn Sie nichts dagegen haben, Steele, fahre ich mit Ihnen zu Ihrem Hotel zurück. Hoffentlich sind Sie mir wegen dieses Vorfalls nicht böse.«

»Durchaus nicht. Es ist doch Ihr Beruf und Ihre Pflicht, mich zu fangen, und meine Pflicht ist es –« Er machte eine Pause.

»Ja, was wollten Sie sagen?« fragte Peter neugierig.

»Und meine Pflicht ist es, mich fangen zu lassen«, erklärte Steele lachend.

Sie sprachen erst wieder, als sie im Wagen saßen und sich auf dem Rückweg zu Steeles Hotel befanden.

»Ich fürchte nur, meine Frau ist ganz außer sich.«

»Ach, das macht mir keine Sorge«, erwiderte Peter sachlich. »Steele, Sie sind sehr klug, und unter diesen Umständen werden Sie auch einen Rat von mir annehmen. Verlassen Sie das Land so schnell wie möglich, und nehmen Sie Ihre Frau mit. Sie kennen doch das schöne alte Sprichwort: ›Der Krug geht so lange zum Brunnen, bis er bricht.‹ Mehr brauche ich hoffentlich nicht zu sagen; Sie werden mich schon verstehen.«

»Wenn ich Ihnen aber sage, daß ich Sie nicht verstanden habe?« erwiderte Steele.

»Nein, so unintelligent werden Sie doch nicht sein! Ich habe Sie vollkommen durchschaut und weiß genau Bescheid. Sie haben die Post beraubt; das ist das einzige Verbrechen, das Sie in meinen Augen begangen haben, und ich würde keine Mühe scheuen, Sie deshalb vor Gericht zu bringen.«

Steele antwortete nicht.

»Es ist nichts aus dem Postsack gestohlen worden, wovon ich wüßte«, fuhr Peter fort. »Alle Briefe wurden wieder zurückgesandt. Sie haben nur dem Chauffeur einen furchtbaren Schrekken eingejagt. Immerhin war es ein tolles Stück, und ich nehme die Sache sehr ernst. Ich würde Ihnen sofort eine lange Zuchthausstrafe verschaffen, wenn ich beweisen könnte, daß Sie die Hand im Spiel hatten. Sie haben den Chauffeur mit einer geladenen Pistole bedroht –«

»Das können Sie aber nicht beweisen!« Steele lachte ihn an. »Es ist wahrscheinlich nur ein Stück Rohr gewesen. Ein hartgesottener Verbrecher – für einen solchen halten Sie mich ja – weiß doch genau, daß es gesetzlich verboten ist, ohne Waffenschein Schußwaffen bei sich zu führen.«

»Wir sprechen ja hier unter vier Augen und ohne Zeugen«, sagte Peter. »Seien Sie also ruhig offen.«

»Davon bin ich nicht so ganz überzeugt«, bemerkte Steele schnell. »Ich dachte vorhin in meinem Wohnzimmer auch, daß ich ohne Zeugen mit Ihnen verhandelte.«

»Aber Sie können diesmal wirklich überzeugt sein, daß kein Dritter zuhört«, entgegnete Peter lächelnd, als der Wagen in die Straße einbog, in der das Hotel lag. »Und ich frage Sie im Vertrauen und unter vier Augen, ob Sie mir einen Anhaltspunkt über den Mord in der St. James Street geben können.«

»Das kann ich nicht«, sagte Steele. »Wie Sie wissen, war ich in Falmouth. Aber allem Anschein nach hat die Dame, die Sie die ›Quadrat-Jane‹ nennen, nichts damit zu tun. Ich weiß, daß sich diese liebenswürdige junge Dame zu Tode fürchten würde, wenn sie mit einem Revolver schießen sollte. Die Karte, die in der Hand des Toten gefunden wurde –«

»Woher wissen Sie das?« fragte Peter schnell.

»Ach, von solchen Dingen hört man doch«, entgegnete Steele, nicht im mindesten erschüttert. »Ist Ihnen noch nicht der Gedanke gekommen, daß es eine regnerische Nacht war und daß infolgedessen vielleicht ein Fingerabdruck des Mörders auf der Karte zu finden sein könnte?«

»Ja, daran habe ich selbstverständlich gedacht. Und wenn es Sie interessiert, kann ich Ihnen im Vertrauen verraten, daß wir auch einen Fingerabdruck auf der Visitenkarte gefunden haben. Ich habe in den letzten Tagen versucht, ihn mit –« Er brach plötzlich ab. »So, jetzt sind wir bei Ihrem Hotel angekommen. Steele, Sie wären ein guter Detektiv geworden.«

»Davon bin ich auch überzeugt«, erwiderte Jamieson leichthin. »Gute Nacht. Oder wollen Sie noch nach oben mitkommen und eine Zigarre rauchen?«

»Danke, nein«, entgegnete Peter grimmig.

Er kehrte nach Scotland Yard zurück. Merkwürdig, daß Steele die Visitenkarte erwähnt hatte!

Trotz der späten Stunde waren die Leiter der verschiedenen Abteilungen noch anwesend, denn es war eine wichtige Besprechung abgehalten worden und diese hatte ziemlich lange gedauert. Ein etwas korpulenter Beamter nickte Dawes freundlich zu, als dieser bei ihm eintrat.

»Es hat verdammt viel Mühe gemacht, aber wir haben es doch bekommen, Peter«, empfing er ihn.

Vor dem Mann lag die kleine Visitenkarte Jamieson Steeles. In der Mitte befand sich ein violetter Fingerabdruck, der für das bloße Auge unsichtbar gewesen war, bis man ihn mit Chemikalien bearbeitet hatte.

»Haben Sie auch die anderen Fingerabdrücke?« fragte Peter.

»Hier sind sie«, erwiderte der korpulente Herr und deutete auf einen Streifen Karton, der zwei schwarze Fingerabdrücke aufwies.

Peter verglich den violetten und die schwarzen Abdrücke miteinander.

»Ja, eins der Geheimnisse ist nun aufgeklärt. – Wie haben Sie das gemacht?« fragte er und zeigte auf die schwarzen Abdrücke auf dem Karton.

»Ich habe ihn aufgesucht und ihm die Hand geschüttelt«, erklärte der andere lächelnd. »Er war allerdings erstaunt und beleidigt, daß ich so freundschaftlich mit ihm umging. Dann reichte ich ihm den Karton. Als er kurz darauf seine Hand auf die weiße Schreibunterlage legte, entdeckte er, daß er schwarze Fingerspitzen hatte, konnte sich aber überhaupt nicht erklären, wie er dazu gekommen war.«

Peter lächelte auch. »Er hätte sich doch sagen können, daß Sie Ihre Hand geschwärzt hatten.«

»Daran hat er wohl kaum gedacht.«

Peter verglich wieder die beiden Abdrücke.

»Es besteht nicht mehr der leiseste Zweifel. Wir haben jetzt halb eins; die Zeit würde gerade recht sein. Ich nehme Wilkins und Browne mit und bringe die Sache zum Abschluß. Es wird allerdings nicht so einfach sein, und wir müssen uns auf allerhand gefaßt machen. Haben Sie inzwischen den Haftbefehl vorbereitet?«

Der Beamte zog eine Schublade seines Schreibtisches auf und reichte ihm ein Schriftstück. Peter prüfte es genau.

»Danke«, sagte er dann kurz.

Lord Claythorpe befand sich in seinem Arbeitszimmer und trank gerade einen steifen Whisky-Soda, als die Polizeibeamten gemeldet wurden.

»Nun, was verschafft mir das Vergnügen?« empfing er sie. »Haben Sie den Dieb gefunden, der die Smaragdkette gestohlen hat?«

»Nein, Mylord. Aber wir haben Remingtons Mörder entdeckt.«

Lord Claythorpes Gesicht färbte sich aschgrau. »Was meinen Sie damit?« fragte er heiser. »Wer ist denn der Täter?«

»Mit anderen Worten: Ich verhafte Sie wegen vorsätzlichen Mordes und mache Sie darauf aufmerksam, daß alles, was Sie sagen, vor Gericht als Beweismittel gegen Sie verwendet werden kann.«

9

Um drei Uhr morgens befand sich Lord Claythorpe in einer Zelle der Polizeistation Cannon Row und ließ Peter Dawes zu sich bitten. Als der Chefinspektor kurz darauf bei ihm erschien, konnte er beobachten, daß Claythorpe seine Fassung wiedererlangt hatte und ziemlich ruhig war.

»Ich habe Sie hergebeten, Dawes«, begann der Lord, »um ein paar Punkte aufzuklären, die mein Gewissen belasten.«

»Aber Sie wissen doch, daß alles, was Sie sagen, bei dem Prozeß gegen Sie verwendet wird?«

»Das weiß ich«, entgegnete Claythorpe ungeduldig. »Aber ich muß es Ihnen unter allen Umständen sagen.«

Er ging in der kleinen Zelle auf und ab; die Hände hatte er auf den Rücken gelegt. Schließlich setzte er sich neben den Chefinspektor auf das Bett.

»Zuerst möchte ich gestehen, daß ich Donald Remington ermordet habe. Es ist eine sehr lange Geschichte, die schließlich dazu führte, aber ich schwöre Ihnen, daß ich ursprünglich nicht die Absicht hatte, ihm etwas zuleide zu tun.«

Peter hatte einen Notizblock und einen Bleistift aus der Tasche gezogen und notierte in Kurzschrift alles, was der Lord sagte. Im allgemeinen verstummten Gefangene sofort, wenn ihre Äußerungen schriftlich festgehalten wurden, aber Claythorpe kümmerte sich nicht im mindesten darum.

»Als Joyce Wilberforces Onkel mich zum alleinigen Vollstrecker seines Testaments machte, hatte ich die feste Absicht, vollkommen ehrlich zu handeln«, fuhr er fort, »aber ich erlitt damals schwere Verluste an der Börse, und nach und nach begann ich, das Vermögen meines Mündels anzugreifen. Die Wertpapiere, die ich deponiert hatte, befanden sich in mehreren Paketen in einer Kassette. Allmählich veräußerte ich sie und ersetzte sie in den Paketen durch leere Papierbogen.

Bei dem Einbruch in mein Büro waren nur noch Papiere im Wert von hunderttausend Pfund vorhanden. Diese restlichen Wertpapiere finden Sie in einem Geheimfach des Schreibtisches in meiner Wohnung. Ich hatte Remington teilweise ins Vertrauen gezogen. Die ganze Wahrheit vermutet hatte er aber schon lange. Als ich nun die Kassette von der Bank in den Geldschrank meines Büros überführen ließ, hatte ich von vornherein die Absicht, in der Nacht in mein eigenes Büro einzubrechen und das Papiersiegel der ›Quadrat-Jane‹ zurückzulassen, um den Verdacht von mir abzulenken.

Um elf Uhr abends kehrte ich zu meinem Büro zurück, aber ich fand, daß Remington schon vor mir dorthin gegangen war. Als ich eintrat, hatte er den Geldschrank bereits mit seinem Schlüssel geöffnet, und er war gerade dabei, die Pakete aufzumachen. Es kam zu einem Wortwechsel, und er drohte mir, mich anzuzeigen. Er hatte bereits festgestellt, daß die meisten Wertpapiere verschwunden waren.

In diesem Augenblick packte mich die Verzweiflung. Ich hatte eine Schußwaffe bei mir, da ich ursprünglich die Absicht gehabt hatte, meinem Leben ein Ende zu machen, wenn man mich bei dem Einbruch ertappte. Remington forderte, daß ich ihm eine größere Summe auszahlen sollte, wozu ich im Moment nicht imstande war. Als ich ablehnte, erhob er sich und erklärte mir, daß er sofort zur Polizei gehen werde. Daraufhin erschoß ich ihn.

Sie werden das bereits geahnt haben, als Sie seinen Schlüssel in meinem Besitz fanden. Ich hatte den meinen in der Aufregung verloren und einfach den anderen an mich genommen. Wie sollte ich auch ahnen, daß jemand wußte, daß sie sich durch die Nummern voneinander unterscheiden!«

Peter Dawes sah von seinem Notizblock auf. »Und wie kam Steeles Karte in die Hand des Toten?«

»Ich hatte sie mitgenommen, um den Verdacht auf Steele zu lenken, denn ich bin fest davon überzeugt, daß er mit der ›Quadrat-Jane‹ unter einer Decke steckt.«

»Sagen Sie mir eins: Wissen Sie, wer die ›Quadrat-Jane‹ ist? Oder haben Sie eine Vermutung?«

Der Lord schüttelte den Kopf. »Ich habe immer geglaubt, daß es Joyce Wilberforce ist, aber ich habe niemals Gewißheit bekommen können. In früherer Zeit habe ich viel mit den Wilberforces verkehrt, und damals kam ich dahinter, daß Joyce mit dem jungen Steele in Briefwechsel stand. Er hatte sein Büro in der Nähe. Die Wilberforces wohnten damals am Manchester Square.«

»Ach, so ist es!« rief Peter aufgeregt. »Nach diesem quadratischen Platz hat sie ihren Namen gewählt – ›Quadrat-Jane‹!«

Lord Claythorpe runzelte die Stirn. »An diese Lösung habe ich noch gar nicht gedacht.«

Er schien sich wenig für die Sache zu interessieren, und er hatte auch weiter nichts zu Protokoll zu geben. Als Peter Dawes ihn verließ, legte er sich müde auf das Bett.

Peter sprach einige Zeit mit dem Polizeiinspektor, der die Station leitete. Plötzlich kam der Gefangenenwärter ins Büro.

»Ich weiß nicht, was mit Lord Claythorpe los ist. Ich habe eben durch das Beobachtungsfenster gesehen, daß er einen Knopf von seinem Jackett abriß.«

Peter sprang auf. »Ich würde Ihnen dringend raten, ihm ein anderes Jackett zu geben und ihn genau zu beobachten.«

Sie gingen zusammen in die Zelle. Lord Claythorpe lag auf dem Rücken, wie Peter ihn verlassen hatte. Als sich der Chefinspektor aber über den Mann beugte, stieß er einen leisen Schrei aus.

»Er ist tot.«

Peter untersuchte das Jackett genau und sah, daß einer der Knöpfe fehlte, dann suchte er auf dem Boden. Gleich darauf fand er einen Teil eines Knopfes, nahm ihn auf, hielt ihn an die Nase und reichte ihn dann dem Inspektor hinüber.

»Es ist alles klar. Wir wissen nun, wie er es gemacht hat. Claythorpe hatte sich seit langer Zeit auf ein solches Ende vorbereitet.«

»Was ist es denn?«

»Der zweite Knopf seines Jacketts ist besonders für ihn angefertigt worden. Er war hohl und enthielt Zyankali. Äußerlich glich er den anderen vollkommen. Er brauchte den Knopf nur auseinanderzunehmen und das Gift zu schlucken, um seinem Leben ein Ende zu machen.«

So starb Lord Claythorpe, der während seines ganzen Lebens ein Betrüger und niedriger Charakter gewesen war. Den Titel vererbte er einem schwächlichen Sohn.

Peters Arbeit war getan; er hatte jetzt nur noch das Geheimnis der ›Quadrat-Jane‹ aufzuklären, und auch dieses hatte er bereits für sich gelöst. Ihre Identität nachzuweisen war freilich eine der schwierigsten Aufgaben, die ihm jemals in seinem Beruf begegnet waren.

Er ging nach Scotland Yard zurück und ließ sich zwei weitere Haftbefehle ausstellen. Dann nahm er eine Anzahl von Beamten mit und begab sich zu dem Hotel, in dem Steele mit seiner Frau wohnte. Diesmal wollte er sich nicht zum besten halten lassen. Er besetzte deshalb alle Ausgänge mit Posten, so daß niemand das Hotel ungesehen verlassen konnte.

Dann ging er zu dem Wohnzimmer des Ehepaares. Er traf Joyce und ihren Mann beim Frühstück an. Trotz der frühen Morgenstunde waren beide vollständig angekleidet; auch ihre Koffer waren gepackt, und es hatte den Anschein, daß sie London mit dem ersten Frühzug verlassen wollten.

Peter schloß die Tür und trat langsam an den Tisch.

Joyce begrüßte ihn lächelnd. »Sie kommen gerade zur rechten Zeit, um mit uns zu frühstücken. Wollen Sie nicht eine Tasse Kaffee trinken?«

Peter schüttelte den Kopf.

Steele sah ihn scharf an, dann brach er plötzlich in ein lautes Lachen aus. »Joyce, ich glaube, unser Freund Dawes will uns verhaften.«

»Vielleicht haben Sie da gar nicht so unrecht«, erwiderte Peter und setzte sich. »Mr. Steele, das Spiel ist aus. Ich verhafte Sie.«

»Mich auch?« fragte Joyce und zog die Augenbrauen hoch.

Peter betrachtete sie. Sie tat ihm unendlich leid, zumal sie an diesem Morgen schöner denn je aussah.

»Ja, ich verhafte auch Sie, Mrs. Steele«, entgegnete er ruhig.

»Was soll ich getan haben?«

»Nun, es gibt Verschiedenes, was Sie sich haben zuschulden kommen lassen. Gestern abend haben Sie zum Beispiel noch Ihren Mann unten im Vestibül des Hotels umarmt, als ich ihn verhaftete. Und in Ihrem untröstlichen Kummer haben Sie ihm schnell die Smaragdkette aus der Tasche genommen.«

Sie lachte und warf den Kopf zurück. »Habe ich das nicht gut gemacht? Das müssen Sie doch selber zugeben.«

»Ja, das stimmt allerdings.«

»Haben Sie mir sonst noch etwas vorzuwerfen?«

»Nein. Höchstens noch, daß Sie die ›Quadrat-Jane‹ sind.«

»Also das haben Sie endlich auch herausgebracht?« erwiderte sie und hob die Tasse, ohne mit der Hand zu zittern. Dabei sah sie ihn übermütig an.

Peter sagte sich, daß sie eine der größten Verbrecherinnen aller Zeiten werden würde, wenn sie zur Unterwelt gehörte.

Steele nahm ein Etui aus der Tasche und bot dem Chefinspektor eine Zigarette an.

»Ja, ich gebe zu, daß das Spiel aus ist. Und da wir vernünftig sind, möchten wir jedes unnötige Aufsehen vermeiden. Hier im Hotel ist es ruhiger, hier können wir alles sagen, was wir auf dem Gewissen haben. Jedenfalls ist es hier angenehmer als in der kalten Gefängniszelle. Und ich will auch ruhig gestehen, daß der ganze Plan mit der ›Quadrat-Jane‹ auf mich zurückgeht.«

»Das ist nicht wahr«, entgegnete Joyce ruhig. »Du darfst nicht die ganze Verantwortung auf dich nehmen.«

Steele lächelte, als er Peter Dawes das Feuerzeug hinhielt. »Nun gut, wenn der Plan auch nicht von mir stammt, so habe ich doch verschiedene unserer besten Tricks ausgedacht. Sie haben vollkommen recht, Dawes, meine Frau ist tatsächlich die ›Quadrat-Jane‹. Vielleicht interessiert es Sie, warum sie ausgerechnet diesen Namen gewählt hat?«

»Nein, das weiß ich oder vermute es wenigstens. Wahrscheinlich hat es mit dem Londoner Manchester Square zu tun.«

Steele sah ihn verwundert an. »Sie sind findiger, als ich geglaubt hatte. Also, es stimmt. Joyce und ich haben Lord Claythorpe in den letzten Jahren planmäßig beraubt und bestohlen. Wenn es uns gelang, bares Geld von ihm zu bekommen, behielten wir es. Schmuckstücke haben wir Krankenhäusern geschickt –«

»Das ist mir alles bekannt«, erwiderte Peter.

Plötzlich warf er die Zigarette in den Aschenbecher und sah die beiden argwöhnisch an. Aber sie hielten seinem Blick ruhig stand.

»Also, jetzt ist es Zeit«, sagte er heiser und erhob sich. »Kommen Sie mit, ich habe schon zu lange gewartet.«

Er taumelte und hielt sich an der Tischplatte fest, dann ging er vorsichtig bis zur Tür, aber Steele war dicht hinter ihm und hielt ihn an beiden Schultern.

Peter fühlte sich merkwürdig schwach und hilflos; vor allem konnte er nicht mehr laut sprechen oder schreien.

»Die ... Zigarette ...«, flüsterte er. »Sie war ... mit einem ... Betäubungsmittel getränkt ...«

»Wieder haben Sie vollkommen recht«, erklärte Steele.

Peter sackte zusammen, und Steele bettete ihn behutsam auf den weichen Teppich.

Joyce sah ihn mitleidig und traurig an. »Es tut mir schrecklich leid, daß wir das tun mußten.«

»Es schadet ihm ja nichts«, entgegnete Steele heiter. »Wir müssen jetzt an uns selbst denken, denn das Hotel ist von allen

Seiten umstellt. Die größte Gefahr liegt darin, daß er einen seiner Beamten an der Treppe postiert hat.«

Vorsichtig öffnete er die Tür und sah hinaus; der Gang war leer. Rasch winkte er Joyce zu sich.

»Nimm die Ledertasche mit den Juwelen. Ich habe das Geld und die Smaragdkette in der Tasche.«

Er schloß die Tür, und sie schlichen den Korridor entlang, gingen aber nicht in Richtung des Fahrstuhls, sondern zu einer kleinen Hintertreppe, die nur für die Dienerschaft sowie als Feuertreppe bestimmt war. Sie stiegen auch nicht zum Erdgeschoß hinunter, sondern nach oben, bis sie auf das flache Dach kamen.

Steele ging voraus; er kannte den Weg anscheinend sehr genau und zögerte nicht einen Augenblick. Das flache Dach stieß gegen eine Mauer. Er ging ein paar Schritte daran entlang, bis er zu einer Feuerleiter kam. Sie stiegen die Sprossen empor und erreichten ein verhältnismäßig kleines, leicht abfallendes Dach. Dann gingen sie über ein Schieferdach, das nur von einem niedrigen Geländer umgeben war. Steele half Joyce, und schließlich kamen sie zu einer Luke, die Steele von außen öffnete.

»Hier hinein«, sagte er.

Als sie nach innen geklettert war, folgte er ihr und verschloß die Dachluke wieder. Dann schlichen sie durch den Mansardenraum hinaus auf den Treppenflur.

Inzwischen waren Peters Beamte unruhig und nervös geworden. Schließlich witterten sie Unheil, gingen zu dem Zimmer und klopften an die Tür. Als sie keine Antwort erhielten, traten sie ein und fanden den Chefinspektor besinnungslos am Boden liegen. Sie gaben sich die größte Mühe, ihn zu Bewußtsein zu bringen. Bald traf auch ein Arzt ein, den sie telefonisch herbeigerufen hatten, und nach einiger Anstrengung gelang es, Peter wieder zu sich zu bringen.

Er war noch sehr benommen, konnte aber trotzdem erzählen, was sich ereignet hatte.

»Das Hotel haben sie nicht verlassen«, sagte einer der Beamten. »Wir haben alle Ausgänge scharf bewacht. Aber ich möchte nur wissen, wie es ihnen gelungen ist, Sie zu betäuben.«

Peter schüttelte den Kopf. »Ich habe mich zu leicht täuschen lassen und bin wie ein Lamm zur Schlachtbank gegangen«, sagte er und lächelte grimmig. »Sie hatten alles sehr schlau eingefädelt. Die Tatsache, daß sie mir versprachen, ein volles Geständnis abzulegen, hat mich unvorsichtig gemacht. Ich habe eine präparierte Zigarette geraucht.« Er dachte einen Augenblick nach. »Soweit ich die beiden kenne, haben sie sich aber nicht allein auf die Zigarette verlassen. Wahrscheinlich wäre es mir schlecht ergangen, wenn ich sie nicht angenommen und geraucht hätte.«

Eine Stunde darauf hatte er sich so weit erholt, daß er persönlich eine Untersuchung des ganzen Hotels vornehmen konnte. Das Gebäude wurde von oben bis unten durchgekämmt, und schließlich stieg er auch auf das flache Dach hinauf. Dort fand er einen Anhaltspunkt: Ein kleines Stückchen Stoff war an der rauhen Mauer hängengeblieben, als Joyce die Feuerleiter hinaufkletterte. Nach einigem Suchen kamen die Beamten dann auch zu der Dachluke, die Peter mit Gewalt öffnen ließ, da sie von innen fest verschlossen war.

Er stellte fest, daß das Haus der Konfektionsfirma Backham & Boyd gehörte. Als sie die Treppe hinunterstiegen, mußten sie durch einen großen Fabrikationsraum gehen. Mehr als zwanzig junge Mädchen arbeiteten emsig an ihren Nähmaschinen und sahen erschrocken auf, als die Polizeibeamten im Raum erschienen. Weder die Aufsichtsdame noch die Arbeiterinnen hatten jemanden hereinkommen sehen, und da man unweigerlich diesen Raum durchqueren mußte, um zum Erdgeschoß zu gelangen, schloß Dawes, daß die beiden nicht diesen Weg für ihre Flucht benützt hatten.

»Die einzigen Leute, die hier oben waren«, sagte schließlich die Aufsichtsdame, »waren zwei Packer, die bei uns angestellt sind. Vor einer halben Stunde sind sie hier durchgekommen. Sie haben zwei schwere Ballen vom Dachgeschoß heruntertransportiert.«

»Waren es wirklich zwei Männer?« fragte Peter schnell. »Wo sind sie denn jetzt?«

Obwohl er alle Angestellten der Firma ausfragte, konnte er doch die beiden Leute nicht finden. Es stellte sich dabei heraus.

daß in letzter Zeit viel Personal neu eingestellt worden war. Man konnte auch nicht genau sagen, wer in den unteren und wer in den oberen Räumen beschäftigt gewesen war. Der Portier, den man schließlich auch fragte, konnte sich darauf besinnen, daß die beiden Packer zwei große Ballen hinausgetragen hatten.

»Waren Sie schwer?« fragte Peter.

»Ja, sie müssen ein ziemliches Gewicht gehabt haben. Die beiden legten sie auf einen Handkarren und fuhren damit fort. Bis jetzt sind sie noch nicht wieder da.«

Peter erinnerte sich jetzt, daß die ›Quadrat-Jane‹ außer ihrem Mann noch andere Helfershelfer hatte. Bei einer Gelegenheit war sie ja mit zwei Männern erschienen, die sich als Polizeibeamte ausgegeben hatten. Wahrscheinlich handelte es sich auch hier um die zwei Leute, die mit allen Hunden gehetzt und schon früher von Mr. Steele und seiner Frau zur Hilfe engagiert worden waren. Später konnte Peter dies auch noch genauer feststellen. Er mußte zugeben, daß Joyce und ihr Mann den Fluchtplan außerordentlich sorgfältig vorbereitet hatten.

Peter war verblüfft und ärgerlich, als er auf die Straße hinaustrat. Dann erinnerte er sich plötzlich daran, daß Lord Claythorpe ihm gesagt hatte, es lägen noch Papiere im Wert von hunderttausend Pfund in seinem Schreibtisch. Die ›Quadrat-Jane‹ würde England nicht verlassen, bevor sie sich diese nicht angeeignet hatte. Rasch winkte er ein Taxi heran und fuhr so schnell wie möglich zu Claythorpes Haus.

Hier war bereits die Nachricht von dem Tod des Hausherrn eingetroffen, und die Dienerschaft betrachtete den Beamten mit vorwurfsvollen Blicken. Der Butler, der ihm die Haustür öffnete, blickte ihn so düster an, als ob Peter persönlich für den Tod des Lords verantwortlich wäre.

»Sie können nicht in das Arbeitszimmer gehen«, erklärte der stattliche Mann mit großer Genugtuung. »Es ist verschlossen und versiegelt.«

»Wer hat denn das angeordnet?«

»Ein Gerichtsbeamter.«

Selbst ein Chefinspektor von Scotland Yard wagte nicht,

derartige Siegel zu entfernen, wenn er nicht vorher die Genehmigung dazu eingeholt hatte. Auch Peter zögerte.

»Ist sonst noch jemand hiergewesen?« wandte er sich an den
Butler.

»Nur Miss Wilberforce.«

»Was, die war hier?« schrie Peter erregt. »Wann?«

»Fast zur selben Zeit wie der Beamte, der die Tür versiegelte.
Sie war gerade im Arbeitszimmer, als der Beamte kam. Er war
sehr ärgerlich und befahl ihr in barschem Ton, sofort den Raum
zu verlassen.« Der Butler schien eine gewisse Befriedigung darin
zu finden, daß er dies erzählen konnte. »Sie schickte mich nach
oben und sagte, ich solle ihren Schirm holen, den sie bei ihrem
letzten Besuch vergessen habe. Als ich herunterkam, war sie
fort. Der Beamte war sehr unhöflich und hat uns noch alle gewarnt. Er sagte, es sei keinem von uns gestattet, die Siegel zu
entfernen oder zu verletzen. Wir würden sonst ins Zuchthaus
kommen.«

Peter telefonierte mit Scotland Yard.

Aber dort war nichts davon bekannt, daß das Zimmer in dem
Haus versiegelt worden war. Man gab ihm den Rat, sich an die
Justizbehörde in der Chancey Lane zu wenden, wo er feststellen könne, ob eine entsprechende Anweisung ergangen sei. Peter
folgte dem Rat auch, mußte aber fast den ganzen Rest des Tages dort zubringen. Er wurde von einem Büro ins andere geschickt und hatte schließlich doch keine Gewißheit. Um halb
fünf Uhr nachmittags kehrte er zu dem Hause des Lords zurück, fest entschlossen, die Siegel zu entfernen und die Folgen
auf sich zu nehmen. Der Butler öffnete ihm wieder die Tür, und
diesmal war der Mann freundlicher und mitteilsamer.

»Ich bin sehr froh, daß Sie gekommen sind. Ich muß Ihnen
viel berichten. Etwa eine halbe Stunde, nachdem Sie gegangen
waren, hörte ich ein Geräusch im Arbeitszimmer, ging zur Tür
und lauschte. Ich wußte nicht, was drinnen vorging, deshalb
rief ich laut durch das Schlüsselloch: ›Wer ist dort?‹ und wer,
glauben Sie, hat mir geantwortet?«

Peter bekam einen Schreck. »Ich weiß«, sagte er schwach. »Es
war die ›Quadrat-Jane‹ – ich meine, Miss Joyce Wilberforce.«

»Ja, Sie haben recht«, erwiderte der Butler erstaunt. »Woher wußten Sie das?«

»Das habe ich vermutet«, entgegnete Peter kurz.

»Sie war nämlich versehentlich von dem Beamten eingeschlossen worden. Sie sagte mir, daß sie den Schreibtisch ihres Vormunds durchsuche, um einige Briefe und Schriftstücke zu finden, die sie ihm zur Aufbewahrung übergeben habe.

Wir wissen alle, daß der Schreibtisch von Mylord ein sehr kompliziertes Möbelstück ist. Er hat eine ganze Anzahl von Geheimfächern und Geheimschubladen, und ich entsinne mich genau, daß mir Miss Joyce früher einmal sagte, daß es womöglich Wochen und Monate dauern könne, bis man etwas finde, was der Lord darin versteckt habe!«

Peter stöhnte. Er brauchte nicht nach dem Rest der Geschichte zu fragen, er wußte bereits alles.

Aber der Butler fühlte sich als wichtige Persönlichkeit und fuhr unbeirrt fort: »Nach einer Weile hörte ich, wie von innen aufgeschlossen wurde. Miss Joyce kam vergnügt heraus, aber in dem Zimmer herrschte eine furchtbare Unordnung.«

»Sie hat also die Siegel aufgebrochen?« fragte Peter.

»Ja, die Siegel und alle verschlossenen Fächer im Schreibtisch. Und als sie herauskam, hatte sie verschiedene Dokumente in der Hand.«

»Ich weiß«, entgegnete Peter müde und machte eine abwehrende Handbewegung.

»›Miss‹, sagte ich zu ihr, ›Sie dürfen nichts aus dem Zimmer mitnehmen, bevor nicht die Justizbeamten alles geregelt haben.‹ – ›Ach, zum Teufel damit!‹ antwortete sie. Denken Sie einmal an, eine junge Dame sagt so etwas!«

Peter erwiderte darauf nichts mehr, sondern verließ eilig das Haus. Es blieb ihm jetzt nur noch übrig, alle Häfen und Flugplätze überwachen zu lassen, um die beiden am Verlassen des Landes zu hindern. Aber er hatte keine große Hoffnung, daß ihm das gelingen würde, denn sie hatten einen zu großen Vorsprung, und außerdem waren sie gewandt genug, wie bisher allen Verfolgungen der Polizei zu entgehen.

*

Zwei Monate später erhielt Peter Dawes einen Brief aus Südamerika. Das Schreiben kam von Joyce Steele. Neugierig las er:

Sie glauben nicht, wie leid es mir tut, daß wir Ihnen soviel Unannehmlichkeiten bereiten mußten. Aber Sie wissen ja selbst, daß ich die Gesetze nur übertrat, um mir mein Eigentum wiederzubeschaffen. Es stimmt wohl, daß ich mit der ›Quadrat-Jane‹ identisch bin, aber ich spiele diese Rolle nicht länger, und in Zukunft werde ich ein völlig einwandfreies Leben führen und nie wieder mit den Gesetzen in Konflikt kommen. Mr. Dawes, ich kann Ihnen die Versicherung geben, daß Sie der klügste und tüchtigste aller Kriminalbeamten sind, die uns verfolgt haben.

Ich bin nun hier in Südamerika mit meinem Mann; auch zwei unserer Freunde sind mit uns herübergekommen, die uns bei unseren Unternehmungen geholfen haben. Aber sie wohnen ein paar tausend Meilen von uns entfernt. Es sind sehr nette Menschen, nur haben sie leider einen ausgesprochenen Hang zum Verbrechen, und das kann ich keinesfalls gutheißen.

Zweifellos hat sich damals in London viel ereignet, was Sie in Erstaunen setzte. Zum Beispiel werden Sie sich gewundert haben, daß ich mich mit diesem unmöglichen Francis Claythorpe trauen lassen wollte. Ich hatte jedoch alle erforderlichen Vorsichtsmaßregeln getroffen, um die Trauung nicht zustande kommen zu lassen. Ich hoffte, daß Lord Claythorpe mir ein wertvolles Hochzeitsgeschenk machen würde, aber darin täuschte ich mich leider. Von allen Freunden und Bekannten bekam ich allerdings wertvolle Geschenke, die Jamieson und ich sehr schätzen. Übrigens war mein Mann auch der Arzt, der damals bei Grandman vorsprach. Er hat mich bei all meinen Unternehmungen unterstützt und war, wie Sie ja längst wissen, mein treuer Bundesgenosse.

Vielleicht treffen wir uns später einmal in London, Mr. Dawes, wenn uns das Leben in Südamerika zu langweilig wird. Wir hoffen, daß Sie uns dann nicht noch einmal verhaften wollen. Mit der Zeit werden Sie sicher milder über uns urteilen, und mit Ihnen vielleicht die ganze Polizei Londons.

Ich bin unendlich glücklich geworden – würden Sie so liebenswürdig sein, das meiner Mutter mitzuteilen? Ich glaube allerdings nicht, daß sie sich besonders darüber freuen wird, denn sie hat nun einmal einen etwas selbstsüchtigen Charakter.

Übrigens bin ich auf seltsame Weise dazu gekommen, die Rolle der ›Quadrat-Jane‹ zu spielen. Wir hatten nämlich früher ein Mädchen namens Jane Briglow. Die erzählte mir öfter von den Abenteuern eines Verbrechers, von denen sie in den Wochenzeitungen gelesen hatte. Es war ein Fehler der Polizei, daß man mich ›Jane‹ nannte. Das J, das ich immer in das Quadrat einzeichnete, bedeutete natürlich ›Joyce‹. Wenn Sie einmal Zeit haben zu einer Urlaubsreise, würden wir uns sehr freuen, Sie bei uns zu sehen. Wir würden Ihnen den Aufenthalt so angenehm wie möglich machen.

Peter lächelte nachdenklich und fast etwas verträumt vor sich hin, als er das las. Dann fiel sein Blick auf die Nachschrift:

PS: Sie brauchen nicht Ihre eigenen Zigaretten mitzubringen, denn wenn Sie dann bei uns zu Gast sind, haben wir keinen Grund mehr, Sie zu betäuben.

DER BETROGENE BETRÜGER

1

John Trevor war nicht eifersüchtig. Das sagte er sich mindestens ein dutzendmal, bevor er den Mut faßte, es Marjorie Banning zum erstenmal zu erklären.

»Eifersüchtig?« fuhr sie auf, aber dann faßte sie sich wieder. »Ich verstehe nicht, was du willst. Wieso bist du nicht eifersüchtig?«

John fühlte sich durchaus nicht behaglich. »›Eifersüchtig‹ ist nicht das richtige Wort«, erwiderte er zu seiner Entschuldigung. »Ich meinte eigentlich ›argwöhnisch‹ –«

Aber er sprach nicht weiter, denn nun hatte er es erst recht schlimm gemacht.

Die beiden saßen im Londoner Hyde Park unter den breiten Ästen einer großen Ulme. Wenn auch die große Menschenmenge nicht weit entfernt war, saßen sie hier doch verhältnismäßig allein. In der Nähe waren nur noch drei andere Liebespaare, ein Kindermädchen, ein Polizist und ein paar kleine Mädchen zu entdecken.

»Ja, was ich dir eigentlich sagen wollte ...«, begann John wieder verzweifelt. »Ich traue dir natürlich, Liebling, und ich will mich auch nicht in deine Geheimnisse einmischen, aber ...«

»Aber was ...?« fragte sie eisig.

»Nun, ich habe jetzt schon dreimal gesehen, daß du in einem eleganten Auto die Straße entlangfuhrst.«

»Der Wagen gehört einem Kunden des Geschäfts, in dem ich arbeite«, erklärte sie gelassen.

»Hm. Aber wenn du auch bei einem Friseur tätig bist, so brauchst du deshalb doch nicht bis spät am Abend dort zu arbeiten«, entgegnete er hartnäckig. »Es tut mir sehr leid, daß ich dich damit belästige, aber sooft du mir erzählt hast, daß wir uns nicht treffen können, habe ich dich in diesem prächtigen Auto spazierenfahren sehen.«

Sie antwortete ihm nicht sofort.

Er machte es ihr furchtbar schwer, und sie war ihm deswegen

ernstlich böse. Erstens, weil er an ihr zweifelte, zweitens, weil sie ihm keine Erklärung dafür geben konnte. Am meisten aber ärgerte sie sich darüber, daß ihr Schweigen ihm anscheinend recht gab.

»Wer hat dir denn eigentlich diese merkwürdigen Ideen in den Kopf gesetzt?« fragte sie schließlich. »Etwa Lennox Mayne?«

»Lennox!« sagte er vorwurfsvoll. »Das ist doch einfach lächerlich, Marjorie. Lennox würde sich nicht im Traum einfallen lassen, etwas gegen dich zu sagen, weder zu mir noch zu einem anderen. Lennox hat dich sehr gern – denk doch daran, daß er uns miteinander bekannt gemacht hat.«

Sie biß sich nachdenklich auf die Lippen; sie wußte sehr gut, daß Lennox sie mehr als gern hatte. Er hatte ihr nachgestellt wie so mancher anderen Angestellten, die er zufällig kennengelernt hatte.

Sie war in einem der bekanntesten Friseursalons im Westen Londons tätig, konnte aber ihren Beruf nicht ausstehen, obwohl er ihr die Möglichkeit gab, Geld zu verdienen. Ihr Vater, ein kleiner Landarzt, war vor einigen Jahren gestorben und hatte sie und ihre Mutter ohne Vermögen zurückgelassen. Deshalb mußte sie schließlich dankbar sein, daß ein Freund der Familie den Modefriseur Mr. Fennett kannte, der sie als seine Sekretärin engagierte. Sie hatte dann nach und nach auch die praktische Arbeit einer Friseuse erlernt, und der Inhaber des Geschäfts, der in seinem Fach sehr tüchtig war, hatte sie vor allem auch in die Geheimnisse des Haarfärbens eingeweiht.

»Es tut mir unendlich leid, daß du dich über mich geärgert hast«, sagte sie kurz und erhob sich. »Aber wenn man ein Ladenmädchen ist, hat man eben gewisse Pflichten!«

»Um Himmels willen, sag doch nicht, daß du ein Ladenmädchen bist!« entgegnete er aufgebracht. »Selbstverständlich glaube ich dir, aber warum machst du ein so großes Geheimnis daraus?«

»Ich werde dafür bezahlt, daß ich darüber schweige«, erwiderte sie lächelnd. »Und nun wollen wir zu ›Fragiani‹ gehen, denn ich habe einen Bärenhunger.«

Während des Abendessens sprachen sie wieder über Lennox.

»Ich weiß, daß du ihn nicht leiden magst«, sagte John. »Aber er ist ein guter Kerl und mir sehr nützlich. Ich kann es mir bei meiner Lage nicht gestatten, auf solche Freunde zu verzichten. Früher haben wir im selben Fußballklub zusammen gespielt, und auch da habe ich immer von ihm gelernt. Inzwischen hat er ein großes Vermögen zusammengebracht, während ich mich noch abquäle, die nötigen tausend Pfund zusammenzubringen, damit wir beide heiraten können . . .«

Sie drückte unter dem Tisch zärtlich seine Hand. »Du bist ein lieber Kerl, aber ich hoffe, daß du dein Geld niemals auf dieselbe Weise verdienen wirst wie Lennox.«

Er protestierte, aber sie schüttelte den Kopf. »Wir machen seltsame Erfahrungen und hören die merkwürdigsten Dinge, wenn wir die grauen Haare der Damen wieder frisch auffärben müssen. Und Lennox ist in ganz London bekannt als ein Mann, der nur von seinen Spekulationen lebt.«

»Aber sein Onkel –«

»Sein Onkel ist sehr reich und haßt ihn. Alle Leute wissen das.«

»Aber darin irrst du dich«, erklärte John triumphierend. »Sie haben sich zwar lange Zeit nicht verstanden, aber jetzt vertragen sie sich wieder und haben sich ausgesöhnt. Gestern abend habe ich mit Lennox gegessen, als du in deinem Luxusauto umherfuhrst – ich will dir ja gar keinen Vorwurf daraus machen, Liebling. Also, ich aß mit ihm zu Abend, und er sagte mir, daß der alte Herr jetzt sehr freundlich sei. Und was noch mehr ist«, fügte er mit leiser Stimme hinzu, »er wird mir einen guten Tip geben, durch den ich bald zu Geld kommen kann.«

»Das sollte Lennox tun?« fragte sie ungläubig und schüttelte den Kopf. »Ich kann mir wohl vorstellen, daß Lennox selbst durch Spekulationen ein Vermögen verdient und daß er jungen, unerfahrenen Mädchen eine goldene Zukunft vorgaukelt, aber daß er dir helfen will, glaube ich nie und nimmer.«

»Hat er einmal versucht, dir goldene Hoffnungen zu machen?« fragte er scherzend.

Sie antwortete nicht darauf.

Im Hause einer gemeinsamen Bekannten war ihr Lennox

eines Tages vorgestellt worden. Später war sie ihm im Hyde Park begegnet, und er hatte ihr einen bestimmten Vorschlag gemacht, der sicher von pekuniärem Vorteil für sie gewesen wäre. Aber sie hatte ihn trotzdem abgelehnt. Einige Zeit darauf fuhren sie in einem Boot auf der Themse und trafen dabei John Trevor. Und seitdem kümmerte sie sich nicht mehr um Lennox.

Nach dem Essen gingen die beiden wieder in den Hyde Park. Als sie durch den Marble Arch gingen, kam ein nicht sehr sauber gekleideter junger Mann an ihnen vorüber, der John grüßte und ihn vertraulich angrinste.

»Das ist Willie Jeans«, erklärte John lächelnd. »Sein Vater war bei uns Stallknecht, als wir noch den Landsitz Royston hatten. Ich möchte nur wissen, was der hier in London treibt.«

»Welchen Beruf hat er denn?« fragte sie neugierig.

»Das ist schwer zu erklären. Hauptsächlich spioniert er in den Rennställen.«

»Zu welchem Zweck?«

»Er beobachtet die Rennpferde bei ihrem Morgengalopp, und er versteht sehr viel von der Sache. Nachher verkauft er seine Informationen an die Sportpresse, und ich glaube, er verdient ganz anständig dabei.«

»Es gibt doch merkwürdige Existenzen«, meinte sie und lachte.

»Worüber freust du dich denn so?« fragte er erstaunt, aber sie sagte es ihm nicht.

2

Der kleine Willie Jeans lag um sieben Uhr oben auf einer Mauer. In seinem abgetragenen grünen Jackett und der schmutzigbraunen Hose war er wie ein Chamäleon unauffällig seiner Umgebung angepaßt. Jedenfalls war er von der alten, halbverfallenen Mauer und den Bäumen in der Nähe kaum zu unterscheiden, und kaum jemand hätte ihn dort bemerkt; aber glücklicherweise kamen hier keine Spaziergänger vorüber.

Er stützte die Ellenbogen auf die Mauer; er hielt einen Feldstecher in der Hand und beobachtete mit gespannter Aufmerksamkeit.

Zwanzig Minuten lang blieb er in dieser Haltung, dann hörte der korpulente Mann am Steuer des alten Autos, das in einiger Entfernung parkte, daß Jeans von der Mauer herunterkletterte.

Er sah sich um und fragte: »Nun, bist du fertig?«

»Ja«, entgegnete Willie kurz und stieg ein.

Der Dicke seufzte, ließ den Motor an und fuhr den etwas geräuschvollen Wagen zum nahen Dorf. Erst als sie an den ersten Häusern von Baldock angekommen waren, fand Willie Jeans seine Sprache wieder.

»›Yamen‹ ist lahm.«

Der dicke Mann am Steuer geriet in Aufregung und hätte beinahe das Auto auf den Bürgersteig gefahren.

»Lahm?« wiederholte er ungläubig.

Willie nickte. »In der zweiten Hälfte des Galopps begann er zu lahmen. Der gewinnt das Derby nicht.«

Der Chauffeur atmete schwer.

Die beiden waren Brüder: Willie der jüngere, Paul der ältere. Familienähnlichkeit existierte zwischen ihnen allerdings ebensowenig wie zwischen einer Ratte und einem Kaninchen.

Der Wagen hielt vor dem Postgebäude von Baldock, und Willie stieg nachdenklich aus. Eine Weile blieb er auf dem breiten Bürgersteig stehen und strich sich mit der Hand über die Stirn. Er wußte immer noch nicht, was er tun sollte, aber endlich schien er doch einen Entschluß gefaßt zu haben, denn er kam wieder zu dem Wagen zurück.

»Wir wollen zur Garage zurückfahren und tanken.«

»Warum denn?« fragte Paul. »Ich dachte, du wolltest telegrafieren?«

»Es kommt nicht darauf an, was du denkst«, erwiderte Willie ungeduldig. »Du kannst mich überhaupt gleich nach London fahren; in der nächsten halben Stunde wird die Post hier doch noch nicht aufgemacht, also ist der Unterschied nicht so groß.«

Der ältere Bruder versuchte zu protestieren, aber Willie kümmerte sich nicht darum. Als sie kurz darauf wieder auf der Landstraße waren, ließ sich Willie herbei, Paul die Sache zu erklären.

»Wenn ich von hier aus ein Telegramm schickte, würde das sehr bald im ganzen Ort bekannt sein. Du weißt doch, wie es in diesen kleinen Nestern ist, und Mr. Mayne würde mir niemals verzeihen, wenn ich so unvorsichtig wäre.«

Willie arbeitete außer für Sportblätter auch für Lennox Mayne und wurde von ihm ausgezeichnet bezahlt. Daneben hatte er noch einige andere Klienten, von denen er aber verhältnismäßig wenig erhielt.

Der Mann hatte wirklich einen sonderbaren Beruf. Sein Hauptquartier hatte er in Newmarket aufgeschlagen. Da es aber auch sehr viel Rennställe außerhalb der großen Plätze gab, wo die Rennen stattfanden, reiste Mr. Jeans in die verschiedensten Orte, wenn Lennox Geheiminformationen über den Stand des Trainings zu erhalten wünschte.

»Es war ein außerordentlicher Glücksfall«, sagte er zu seinem Bruder, als sie weiterfuhren. »Ich glaube, es gibt keinen anderen Mann in England, der sich so nahe an die Pferde Mr. Greymans heranschleichen konnte wie ich. Für gewöhnlich hat er ein halbes Dutzend Leute, die die Straße abpatrouillieren, damit niemand in die Nähe kommt.«

Stuart Greyman besaß ein großes Landgut an der Straße nach Royston und hatte die Lage seiner Ställe so vorzüglich gewählt, daß eigentlich niemand die Pferde bei ihrer Morgenarbeit beobachten konnte. Außerdem hatte er den großen Park, in dem die Pferde trainiert wurden, mit einer hohen Mauer umgeben lassen, und seine Angestellten waren äußerst zugeknöpft.

Von anderen Ställen konnte man ab und zu wertvolle Mitteilungen bekommen, wenn man mit einem der Angestellten auf gutem Fuß stand, aber Greyman bezahlte entweder seine Leute so gut, daß sie nicht aus der Schule plauderten, oder er wählte sie mit ungewöhnlicher Sorgfalt aus. Infolgedessen war er vielen etwas unheimlich. Seine Pferde gewannen unerwarteterweise, und er hütete seine Stallgeheimnisse so gut, daß niemand etwas wußte, bevor das Rennen zu Ende war. Wenn Pferde seines Stalles gewannen, waren es fast immer Überraschungssiege. Er konnte daher auch günstige Wetten für seine Pferde abschließen. Jeder Versuch, seine Tiere zu beobachten, war bisher fehlgeschlagen.

Willie Jeans' Genugtuung war deshalb nicht unberechtigt; sein Erfolg grenzte fast ans Wunderbare.

Das staubbedeckte Auto hielt auf einem schönen Platz im Westen Londons an. Willie stieg aus und klingelte an der Tür eines vornehmen Hauses. Der Butler war empört, als er das wenig vorteilhafte Äußere des Besuchers sah, und es dauerte einige Zeit, bis er Willie Jeans anmeldete.

Lennox Mayne saß beim Frühstück und war durchaus nicht empört, als er Jeans sah.

»Nehmen Sie Platz«, sagte er kurz, als der Butler das Zimmer verlassen hatte. »Nun, was gibt es?«

Willie erzählte, was er beobachtet hatte, und Lennox Mayne hörte nachdenklich zu.

»Dieser verteufelte alte Kerl«, sagte er leise, aber nicht ohne Bewunderung. »Man sollte es doch kaum für möglich halten, daß er sich so verstellen kann.«

Willie Jeans war über diese Äußerung etwas überrascht.

Lennox saß einen Augenblick tief in Gedanken versunken, dann sagte er plötzlich: »Sie sind sich natürlich darüber im klaren, Jeans, daß dies ein Geheimnis ist. Es darf nicht herauskommen, daß ›Yamen‹ nichts taugt. Sie werden erstaunt sein, wenn Sie hören, daß mich mein Onkel vor zehn Minuten aus Baldock anrief und erklärte, daß ›Yamens‹ Morgengalopp außerordentlich befriedigend verlaufen sei. Das Pferd werde bestimmt das Rennen machen.«

»Was?« fuhr Willie empört auf. »Es lahmt doch ganz entsetzlich!«

»Daran zweifle ich nicht. Aber Mr. Greyman hat wohl einen guten Grund, allen Leuten zu erzählen, ›Yamen‹ sei in bester Form. Welche Pferde haben denn sonst noch an dem Morgenritt teilgenommen?«

»Ich kenne sie nicht besonders gut, aber der Hengst, der an der Spitze lag, war prima. Gegen den kann keins der anderen Tiere aufkommen. Ich konnte den Galopp nicht mit der Stoppuhr kontrollieren, aber ich weiß, daß es eine vorzügliche Leistung war.«

»Sind Sie auch ganz sicher, daß es ›Yamen‹ war, der lahm wurde?«

»Natürlich. Ich habe ihn doch im letzten Jahr in Ascot und Newmarket gesehen. Man kann das Pferd ja schon wegen seiner weißen Fesseln mit keinem anderen verwechseln.«

Lennox dachte nach. »Und welches Pferd lag an der Spitze?«

»Es war vollkommen braun und hatte kein einziges weißes Fleckchen am ganzen Körper.«

»Hm, das muß ›Fairyland‹ sein. Das muß ich mir merken. Ich danke Ihnen jedenfalls, daß Sie mir die Nachricht gebracht haben.« Er entließ seinen Besucher mit einem Nicken. »Und denken Sie daran –«

»Ich bin stumm wie eine Auster und still wie das Grab«, erwiderte Willie, während er die beiden Banknoten einsteckte, die ihm Lennox über den Tisch zuschob.

Als Mr. Mayne allein war, dachte er nach. Er machte seinem Onkel nicht den geringsten Vorwurf. Als Spieler hatte er bisher die besten Erfolge gehabt; er spekulierte auch an der Börse und wettete auf Pferde. Aber er hatte sich getäuscht, als er seinen Onkel Stuart Greyman, den Bruder seiner Mutter, für unintelligent hielt. Er hatte Geheiminformationen, die dieser ihm unter dem Siegel der Verschwiegenheit mitgeteilt hatte, weitergegeben, und sein Onkel hatte davon erfahren. Dadurch war es zu einer Entfremdung zwischen den beiden gekommen, die fünf Jahre dauerte. Erst kürzlich, als der alte Greyman ihn zufällig getroffen und ins ›Carlton‹ zum Mittagessen eingeladen hatte, war eine Versöhnung zustande gekommen. Der Alte hatte ihm dabei ziemlich barsch erklärt, daß er ihm verziehen habe.

»Dieser verfluchte alte Kerl«, sagte Lennox bewundernd. »Beinahe hätte er mich doch hereingelegt.«

Greyman hatte ihm im Vertrauen geraten, beim Derby auf ›Yamen‹ zu setzen. Lennox Mayne traute niemandem, am wenigsten seinem Onkel, den er noch immer für seinen heimlichen Feind hielt. Deswegen hatte er auch Willie Jeans nach Baldock geschickt, um die Angaben Mr. Greymans zu kontrollieren. ›Yamen‹ war vorher erst zweimal auf der Rennbahn erschienen, und man hatte in der Sportpresse nichts über ihn erfahren. Daher war es schließlich nicht von der Hand zu weisen, was ihm der alte Greyman alles über den dreijährigen Hengst erzählt hatte.

Dieser schlaue alte Fuchs wollte ihn also hereinlegen. Glücklicherweise hatte Lennox bisher noch keine einzige Wette auf ›Yamen‹ abgeschlossen.

Eine ebenso große Enttäuschung wie ›Yamen‹ war Marjorie Banning für ihn. Lennox gestand sich sogar ein, daß sie der größte Fehlschlag gewesen war, den er jemals erlebt hatte. Und doch war es ihm zu Anfang so leicht erschienen, sie zu gewinnen.

Es war ein merkwürdiger Zufall, daß das Telefon klingelte, als er an sie dachte, und daß John Trevor ihn anrief.

Als Lennox den Namen hörte, verzog er das Gesicht, aber er ließ sich nichts von seinem Ärger anmerken.

»Hallo, John, alter Junge, komm ruhig her! Hast du denn heute nichts zu tun? – Na gut!«

Er legte den Hörer auf und ließ sich wieder am Tisch nieder. Er kniff die Augen zusammen. John Trevor hatte ihm Marjorie Banning weggenommen. Das hatte er seinem Freund niemals verziehen, und er hatte schon oft darüber nachgedacht, wie er sich an ihm rächen könne.

John hatte eine einigermaßen gute Anstellung in der City, und zwar bei der Vertretung einer Gummiplantagengesellschaft. Da zu dieser Zeit die Geschäfte aber nicht gut gingen, hatte er verhältnismäßig wenig zu tun und viel freie Zeit. Lennox empfing ihn freundlich und bot ihm sofort zu rauchen und zu trinken an.

»Nun, wie kommt es, daß du schon so früh Zeit hast? Willst du nicht zum Essen bleiben?«

John schüttelte den Kopf. »Ich bin etwas besorgt um Marjorie.«

Lennox zog die Augenbrauen hoch. »Was hat sie denn gemacht? Will sie ihr Haar rot färben lassen? Oder hat sie sich sonst etwas in den Kopf gesetzt?«

John lächelte. »Nein, so etwas ist es nicht. Ich weiß, daß du etwas für sie übrig hast, Lennox. Du bist ein Mann von Welt, und ich gebe viel auf deinen Rat. In letzter Zeit weiß ich nicht mehr recht, was ich von ihr halten soll.«

Lange Zeit schwieg er, und Lennox beobachtete ihn neugierig.

»Entweder hat sie einen geheimnisvollen neuen Freund oder eine geheimnisvolle neue Beschäftigung«, erklärte John schließlich. »Viermal schon habe ich sie in einem eleganten Wagen durch die Straßen fahren sehen.«

»War sie allein?«

John nickte.

»Vielleicht ist sie zu einer Kundin geholt worden?«

»Aber eine solche Kundin würde eine Friseuse nicht von drei Uhr nachmittags bis elf Uhr abends beschäftigen«, entgegnete John hitzig. »Um diese Zeit kam sie nämlich zurück. Ich weiß, daß es nicht recht war, ihr nachzuspionieren, aber ich habe es getan, um endlich hinter ihr Geheimnis zu kommen. In letzter Zeit hatte sie außerdem unheimlich viel Geld. Ich habe auch mit ihrer Wirtin gesprochen. Ich besuchte sie unter dem Vorwand, Marjorie abholen zu wollen, und brachte sie schließlich so weit, daß sie mir verschiedenes erzählte. Dabei erwähnte sie auch, daß sie neulich einen Scheck über hundert Pfund für Marjorie bei der Bank eingelöst hat.«

»Hm«, erwiderte Lennox nachdenklich. Er war ebenso erstaunt wie sein Freund und dachte einige Zeit nach. »Es gibt sicher irgendeine ganz einfache Erklärung für diese Tatsachen. Deshalb würde ich mir keine grauen Haare wachsen lassen. Marjorie ist nicht leichtsinnig, das traue ich ihr unter keinen Umständen zu. Wann wirst du übrigens heiraten?«

John zuckte die Schultern. »Das weiß der Himmel. Du kannst leicht über solche Dinge reden, denn du bist reich, aber ich muß mindestens noch zwölf Monate sparen, bis ich daran denken kann.«

»Hast du dir schon einen Plan gemacht, wieviel du sparen willst?« fragte Lennox lächelnd.

»Tausend Pfund. Und sechshundert habe ich erst zusammen.«

»Nun, dann will ich dir Gelegenheit geben, nicht allein tausend, sondern zehntausend zu verdienen.«

»Wie soll ich das verstehen?«

»Es handelt sich um das Rennpferd ›Yamen‹, das meinem Onkel gehört. Ich sagte dir doch neulich, daß ich gut verdiente.

Jetzt ist die große Gelegenheit für dich gekommen.« Er erhob sich, ging zum Tisch, nahm die Morgenzeitung auf und blätterte darin.

»Hier kannst du lesen, wie die Wetten stehen. ›Yamen‹ – sechs zu hundert. ›Yamen‹ gewinnt aber das Derby bestimmt, und dann kannst du dein kleines Mädchen heiraten. Ich kann heute noch Wetten für dich abschließen. – Sechshundert zu zehntausend. Morgen sind die Chancen sicher nicht mehr so günstig.«

»Aber wo denkst du hin! Ich bin doch nicht so reich, daß ich sechshundert Pfund aufs Spiel setzen könnte«, erwiderte John atemlos.

Lennox lachte. »Wenn du wüßtest, wie gering das Risiko ist, würdest du nicht soviel Aufhebens davon machen. Ich sage dir, hier kannst du das Geld direkt auf der Straße finden.«

»Nehmen wir einmal an, ich setzte sechzig Pfund auf das Pferd!«

»Sechzig Pfund!« wiederholte Lennox verächtlich. »Aber mein lieber Junge, welchen Zweck hätte denn das? Hier hast du nun einmal eine große Chance, und wenn du nicht ganz blödsinnig bist, nützt du sie. Morgen gibt es wahrscheinlich nur sechsfachen Gewinn. Wenn du jetzt zupackst, kannst du in ein paar Tagen ein Vermögen machen.«

Lennox verbreitete sich eine halbe Stunde lang über Pferde, besonders über ›Yamens‹ schnellen Morgengalopp, und John hörte fasziniert zu.

»Ich werde jetzt einen Buchmacher anrufen und eine Wette für dich abschließen«, erklärte Lennox dann.

»Nein, warte noch«, entgegnete John heiser, als sein Freund nach dem Hörer langte. »Es ist doch ein ziemliches Risiko.«

»Aber der Gewinn ist auch entsprechend.«

Hätte Lennox mehr Zeit zur Verfügung gehabt, so hätte er die Wette selbst mit seinem Freund abgeschlossen, um ihm die sechshundert Pfund persönlich abzunehmen. Aber er kannte John Trevor. Den Mann mußte man überrumpeln. Es war nicht richtig, ihm Zeit zum Nachdenken zu lassen. Inzwischen konnte außerdem herauskommen, daß ›Yamen‹ lahmte. Ein verärgerter Stallknecht konnte es ausplaudern; vielleicht hatte es auch jemand durch Zufall gesehen, oder ein Tierarzt erzählte es weiter. Auf tausend Wegen konnte ein Stallgeheimnis an die Öffentlichkeit gelangen. Lennox mußte also drängen. Sein Hauptziel konnte er ja auch so erreichen, denn wenn sein Freund die sechshundert Pfund verlor, mußte die Hochzeit aufgeschoben werden, und die Zeit konnte manches ändern.

»Gut, ich will die Wette riskieren«, sagte John schließlich und hörte wie im Traum, daß Lennox mit einem Buchmacher telefonierte.

». . . bitte notieren Sie die Adresse: ›Mr. John Trevor, Castlemaine Gardens.‹ – Ja, ich übernehme die Garantie. – Danke.«

Lennox legte den Hörer auf und betrachtete John mit einem sonderbaren Lächeln.

»Ich gratuliere dir«, sagte er dann freundlich.

John fuhr kurz darauf wieder in die City zurück, aber seine Gedanken wirbelten durcheinander. Selbst die heimlichen Autofahrten seiner Verlobten waren in diesem Augenblick nicht mehr wichtig für ihn, als er sich klar darüber wurde, daß er alle Ersparnisse riskiert hatte.

Marjorie Banning hörte am nächsten Abend im Hyde Park die Nachricht und sank auf eine Bank. Es war ein Glück, daß sie gerade davor stand, denn sonst hätte sie sich auf den Boden gesetzt.

»Was, du hast all dein Geld auf ein Pferd gesetzt?« fragte sie entsetzt. »Aber John, wie konntest du nur so leichtsinnig sein!«

»Liebling, das Geld ist so gut wie gewonnen«, erklärte er zuversichtlich. »Was Lennox sagt, stimmt. Gestern standen die Wetten für ›Yamen‹ sechzehn zu eins, und heute stehen sie acht zu eins.«

»Aber John!« war alles, was sie erwidern konnte.

Er mußte sich selbst Mut zusprechen, denn die Unterredung mit Marjorie führte ihm seine Torheit erst richtig vor Augen. Er machte sich jetzt die bittersten Vorwürfe, daß er sich von seinem Freund zu dieser Wette hatte verleiten lassen.

»Die Sache ist in bester Ordnung, Marjorie«, sagte er und gab sich den Anschein, daß er fest an den Erfolg glaubte. »Das Pferd gehört doch Lennox Maynes Onkel, und der hat Lennox mitgeteilt, daß es bestimmt gewinnen wird. Denk doch einmal – wenn wir zehntausend Pfund gewonnen haben, Marjorie . . .«

Sie hörte zu, ließ sich aber nicht überzeugen. Nur zu gut wußte sie, mit wieviel Mühe dieses kleine Kapital zusammengespart worden war. Viel besser als er erkannte sie, was der Verlust des Geldes bedeuten würde, und verzweifelt saß sie neben ihm.

Auch Lennox Mayne war zur selben Zeit in trüber Stimmung. Vor seinem Haus stand der alte Wagen, in dem Willie Jeans auf ein Telegramm von Lennox hin gekommen war.

Nun stand Willie vor Lennox und ließ geduldig dessen Wut über sich ergehen.

»Sie sind dümmer, als die Polizei erlaubt! Es war wirklich der größte Unsinn, daß ich mich an Sie gewandt habe«, wetterte Lennox. »Welchen Zweck hat es denn, ein Rennpferd beim Morgengalopp zu beobachten und sich dabei erwischen zu lassen? Ich habe Ihnen doch gesagt, Sie sollten mit niemand darüber sprechen, daß Sie irgendwie mit mir in Verbindung stehen. Und trotzdem haben Sie das Maul aufgerissen und allen Leuten davon erzählt.«

»Das ist nicht wahr«, erwiderte der andere beleidigt. »Darüber spreche ich niemals. Ich würde ja überhaupt kein Geld verdienen, wenn ich –«

»Sie haben Ihren ungewaschenen Schnabel nicht halten können! Sehen Sie einmal hierher.« Lennox nahm einen Brief aus der Tasche. »Dieses Schreiben ist von meinem Onkel gekommen. Sie verdammter Dummkopf, hören Sie zu, was der geschrieben hat:

›Allem Anschein nach bist Du mit dem, was ich Dir gesagt habe, nicht zufrieden, sondern hast einen Kerl engagiert, der meine Pferde beim Training beobachten soll. Du kannst Mr. Willie Jeans getrost von mir bestellen, daß er eine ordentliche Tracht Prügel bekommt, wenn ich ihn noch einmal in der Nähe meines Landsitzes antreffe . . .‹«

Den folgenden Absatz, in dem Stuart Greyman seinem Neffen die Meinung sagte, las Lennox Willie Jeans nicht vor.

»Ich habe aber doch nicht wissen können, daß ich beobachtet wurde. Es war auch bestimmt niemand in der Nähe, als ich auf die Mauer kletterte«, brummte Jeans. »Ich habe meine fünfzig Pfund sauer genug verdient.«

»Von mir bekommen Sie niemals fünfzig Pfund«, fuhr Lennox auf. »Ich habe Ihnen alles gezahlt, was Sie verdient haben, und ich gebe Ihnen nur den einen Rat, sich nie wieder bei mir sehen zu lassen.«

Als Mr. Willie Jeans wieder zu seinem Bruder ins Auto stieg, war er in keiner freundlichen Stimmung.

»Wo geht die Fahrt jetzt hin?«

Willie sagte etwas von ›Hyde Park‹. Paul kannte die Launen seines Bruders und sagte weiter kein Wort. Eigentlich hatten sie nach Epsom fahren wollen. Das alte, klapprige Fahrzeug nahm sich sonderbar aus in der Prozession der eleganten Rolls-Royce-Wagen, die durch den Park fuhren. Der Zufall wollte es, daß sie gerade an der Stelle eine Panne hatten, wo Marjorie Banning und John Trevor am Wege saßen.

»Was ist denn das für ein merkwürdiges Auto?« fragte Marjorie. »Ist das nicht derselbe Mann, den wir vor ein paar Tagen hier getroffen haben?«

»Ja«, erwiderte John düster. Dann kam ihm plötzlich eine Idee. »Ich möchte nur wissen, ob er über ›Yamen‹ unterrichtet ist.«

Er erhob sich und ging zu dem Mann hinüber.

Willie Jeans tippte mit dem Finger an die Hutkrempe. »Guten Abend, Mr. Trevor.«

»Nun, wo wollen Sie denn hin?« fragte John.

»Ich bin gerade im Begriff, nach Epsom zu fahren und dort das Training für das Derby zu beobachten. Es sind schon fast alle Pferde dort versammelt, die am Rennen teilnehmen. – ›Yamen‹ ist allerdings nicht darunter«, fügte er grinsend hinzu.

»Warum nicht?« John hatte ein unangenehmes Gefühl, denn er erkannte instinktiv die Abneigung des anderen gegen das Pferd, von dessen Sieg soviel für ihn abhing.

»Der wird niemals mehr bei einem Rennen starten«, fuhr Jeans wütend fort.

»Wieso? Wie meinen Sie das?« fragte John langsam.

»Der Gaul ist lahm – lahm wie eine alte Nebelkrähe. Hoffentlich haben Sie nicht auf ihn gesetzt?«

John nickte. »Doch. Kommen Sie doch bitte einmal mit. – Das ist allerdings eine sehr unangenehme Nachricht, Marjorie. Mr. Jeans sagte, daß ›Yamen‹ lahmt.«

»Ja, das stimmt auch.« Willie nickte. »Dieser Gaul von Mr. Greyman ist kein Pfund mehr wert. Sie besinnen sich doch noch auf ihn? Es sah immer so aus, als ob er im Finish nicht geschlagen werden könnte, aber auf den letzten hundert Metern fiel er ab und blieb zurück.«

»Ich verstehe nicht viel von Pferden«, erklärte John. »Aber erzählen Sie mir doch mehr von ›Yamen‹. Seit wann ist er denn lahm?«

»Seit drei Tagen. Eine Woche lang habe ich ihn beim Morgengalopp beobachtet; vor dem Finish fällt er jedesmal zurück.«

»Aber weiß Mr. Greyman denn das nicht?«

»Selbstverständlich weiß der das. Er hat Lennox Mayne zwar das Gegenteil gesagt und erklärt, ›Yamen‹ würde unter allen Umständen gewinnen, aber ich habe Mayne gesagt, wie sich die Sache wirklich verhält. Gedankt hat er mir allerdings nicht dafür, er hat nur geschimpft.«

»Wann haben Sie es ihm denn gesagt?« fragte John, der bleich geworden war.

»Vorgestern bin ich direkt zu ihm gefahren.«

Lennox Mayne mußte also von der Katastrophe gewußt haben, als er die Wette vorschlug! John war so bestürzt, daß er kaum sprechen konnte.

»Das kann doch nicht stimmen«, sagte er dann. »Lennox würde niemals –«

»Ach, da kennen Sie den nicht. Der verkauft seine eigene Tante«, erwiderte Jeans verächtlich und spuckte auf den Boden.

»Hat Lennox Mayne dich dazu überredet, das Geld auf das Pferd zu setzen?« fragte Marjorie.

John nickte.

»Und es stimmt wirklich, daß ›Yamen‹ lahm ist?«

»Darauf kann ich einen Eid schwören. Ich kenne das Pferd so gut wie meine eigene Hand«, entgegnete Jeans mit Nachdruck. »Es ist das einzige Pferd mit vier weißen Fesseln in dem Stall in Baldock –«

»Baldock!« rief Marjorie und sprang auf. »Habe ich recht gehört? Es ist ein Pferd aus dem Stall in Baldock?«

»Ja.«

»Wem gehört denn der Rennstall?« fragte sie schnell.

»Mr. Greyman.«

»Was ist denn das für ein Mann? Beschreiben Sie ihn mir doch.«

»Er ist ungefähr sechzig Jahre alt, hat graues Haar und ist furchtbar zäh. Ich sage ihnen, das ist ein verschlagener Teufel. Der steckt Lennox Mayne hundertmal in die Tasche.«

Sie schwieg lange, nachdem Willie Jeans gegangen war.

»John, würdest du mich zum Derby nach Epsom mitnehmen?« fragte sie dann unvermittelt.

»Um Himmels willen, ich habe es bisher für unmöglich gehalten, daß du dich für ein Rennen interessieren könntest! Aber es hat ja alles keinen Zweck. Es wird nur eine furchtbare Katastrophe.«

»Willst du mich nicht zum Rennen mitnehmen? Du kannst doch ein Auto für den Tag mieten, dann können wir vom Dach des Wagens aus das Rennen beobachten.«

Er nickte erstaunt. Früher hatte sie nie das geringste Interesse für Pferderennen gezeigt.

3

Es mußte etwas über die schlechte Form ›Yamens‹ in die Öffentlichkeit gedrungen sein, denn am Morgen des Rennens standen die Wetten für ihn auf eins zu fünfundzwanzig, und in den Morgenzeitungen konnte man sogar einige Bemerkungen über das Pferd lesen. Die ›Sport-Post‹ schrieb zum Beispiel:

Wie wir hören, steht es nicht gerade sehr gut um ›Yamen‹, den Mr. Greyman für das Derby in Epsom gemeldet hat. Es ist vielleicht nicht richtig, wenn man das Pferd als unbekannt bezeichnet, denn es hat schon zweimal an Rennen teilgenommen. Aber niemand hatte eine Ahnung, daß es an dem Rennen in Epsom teilnehmen sollte, bis plötzlich sein Name in den Wettlisten erschien. Wir hofften schon um Mr. Stuart Greymans willen, der ein Sportsmann ist, daß die Gerüchte über ›Yamen‹ nicht zutreffen.

Marjorie hatte noch nie ein Rennen besucht; Epsom war daher ein großes Erlebnis für sie. Diese sportliche Veranstaltung wirkte auf sie wie ein großes Volksfest. Aber die wimmelnden Massen, die sich hier versammelt hatten, flößten ihr zugleich Angst ein. Als sie oben auf dem Dach des Autos stand, versuchte sie, die Zahl der Menschen zu schätzen. In dichten Haufen drängten sie sich auf den Tribünen, auf den Sattelplätzen und an den Barrieren, und nach jedem Rennen war eine große Bewegung zu beobachten.

Das Durcheinander von Menschen und Farben, die verschiedenen Buden und die bunten Plakate nahmen Marjories Interesse zunächst mehr in Anspruch als die Rennpferde selbst.

»Es gehen allerhand Gerüchte um«, sagte John, der von einem kurzen Erkundungsgang zurückkam. »Ich habe gehört, daß ›Yamen‹ überhaupt nicht am Rennen teilnehmen soll. In den Zeitungen standen ja auch schon verschiedene Notizen, die einen darauf vorbereiteten. Ich fürchte nur, Liebling, daß ich einen großen Fehler machte, als ich auf das Pferd setzte.«

Marjorie beugte sich zu ihm herab, und zu seinem größten Erstaunen drückte sie ihm ein Papier in die Hand.

»Was hast du denn da – eine Banknote? Du willst doch nicht am Ende auch noch wetten?«

Sie nickte. »Ich möchte, daß du für mich wettest.«

»Auf welches Pferd denn?«

»Auf ›Yamen‹.«

»›Yamen‹?« wiederholte er; er traute seinen Ohren nicht. Dann sah er auf die Banknote – es war ein Hundertpfundschein. Sprach- und hilflos schaute er Marjorie an. »Aber das mußt du nicht tun – das darfst du nicht!«

»Bitte – tu, was ich dir gesagt habe«, drängte sie.

Er bahnte sich einen Weg durch die Menge. Nachdem das Rennen, das augenblicklich gelaufen wurde, vorüber war, trat er zu einem Buchmacher, dessen Name ihm bekannt war. Die Nummern der Pferde wurden gerade hochgezogen, als er zu Marjorie zurückkehrte.

»Beinahe hätte ich es im letzten Augenblick doch noch unterlassen, für dich zu wetten.«

»Ich wäre aber sehr böse auf dich gewesen, wenn du meinen Wunsch nicht erfüllt hättest!«

»Aber ich verstehe gar nicht, wieso du –«, begann er; dann brach er plötzlich ab, als die letzten Nummern hochgezogen wurden. »›Yamen‹ startet also doch!«

Niemand wußte besser als Marjorie, daß ›Yamen‹ an dem Rennen unter allen Umständen teilnehmen würde. Sie betrachtete die hellblaue Jacke des Jockeis bei der Parade der Pferde, dann sah sie auf die weißen Fesseln des rassigen Tieres. Ihre Arme schmerzten, weil sie dauernd das Glas hielt. Sie nahm es nicht von den Augen, bis die Tausende von Menschen durcheinanderschrien, daß das Feld gestartet sei.

Das Pferd mit dem blauen Jockei war das dritte, als das Feld den Hügel hinaufjagte, und das vierte bei der großen Kurve an der Eisenbahnlinie. Als die Pferde in die Gerade einbogen, holte ›Yamen‹ auf. Dann hörte Marjorie den lauten Ruf eines Buchmachers ganz in der Nähe: »›Yamen‹ macht das Rennen todsicher!«

Und ›Yamen‹ setzte sich tatsächlich an die Spitze des Feldes und gewann das Rennen in glänzender Form mit drei Längen.

»Ich weiß nicht, wie ich meine Geschichte beginnen soll«, sagte Marjorie, als sie mit John beim Abendessen saß, zu dem sie ihn eingeladen hatte. »Die Sache fing vor einem Monat an. Damals kam ein älterer Herr in unseren Laden und hatte eine längere Unterhaltung mit Mr. Fennett, unserem Chef. Nach etwa zehn Minuten wurde ich in das Privatauto gerufen, und Mr. Fennett erklärte mir, daß der Herr einen Spezialauftrag habe und jemanden brauche, der besonders gut Haare färben könne. Zuerst dachte ich, es handle sich um den Kunden selbst, und es tat mir schon leid, daß dieser gutaussehende ältere Herr sein schönes silbergraues Haar färben lassen wollte. Ich erfuhr nicht, was ich eigentlich machen sollte, bis ich in der nächsten Woche mit einem Auto nach Baldock geholt wurde. Da erst klärte er mich auf. Er fragte mich, ob ich die nötigen Mittel bei mir habe, um Haare zu bleichen und braun zu färben. Als ich bejahte, weihte er mich in das Geheimnis ein. Er sagte, er habe ein Pferd mit weißen Fesseln, das ihm durchaus nicht gefalle, und gab mir den Auftrag, die Fesseln des Tieres so braun zu färben wie das übrige Fell. Zuerst lachte ich und glaubte, er mache einen Scherz, aber das war nicht der Fall. Ich wurde tatsächlich in den Stall dieses fabelhaften Pferdes geführt. – Noch nie habe ich einen so fügsamen Kunden gehabt, der mir so wenig Schwierigkeiten machte!« fügte sie lächelnd hinzu.

»Und du hast wirklich die Beine braun gefärbt?«

Sie nickte.

»Damit war meine Aufgabe aber noch nicht erledigt. Bei einem anderen Pferd mußte ich nämlich die Haare an den Fesseln bleichen. Inzwischen habe ich erfahren, daß dieses Tier ›Junket‹ heißt. Alle paar Tage mußte ich nun nach Baldock kommen und das Färben und Bleichen wiederholen. Mr. Greyman hatte es meinem Chef zur Bedingung gemacht, daß meine Tätigkeit geheimgehalten werden sollte. Und ich habe auch mit niemandem darüber gesprochen; nicht einmal dir habe ich davon erzählt.

Als du mich damals in dem eleganten Auto sahst, war ich auf dem Weg nach Baldock, um die beiden Pferde zu behandeln«, erklärte sie lachend. »Ich verstehe nichts von Rennpferden und hatte nicht die geringste Ahnung, daß das Pferd, das ich färbte, ›Yamen‹ heißt. Das wurde mir erst in dem Augenblick klar, in dem Willie Jeans den Namen ›Baldock‹ erwähnte.

Am nächsten Morgen wurde ich von Mr. Greyman geholt, um die braune Farbe von ›Yamens‹ Beinen wieder zu entfernen. Er sagte mir, er habe seine Meinung geändert. Das Pferd solle beim Rennen doch wieder weiße Fesseln haben. Darauf faßte ich Mut und vertraute ihm an, daß du soviel Geld auf ›Yamen‹ gesetzt hättest. Er war so liebenswürdig, mir die Wahrheit zu sagen – freilich unter der Bedingung, daß ich auch weiterhin schweigen würde. Er hatte sich nämlich mit Lennox ausgesöhnt und ihn tatsächlich über ›Yamen‹ richtig unterrichtet. Als er dann aber entdeckte, daß Lennox ihm nicht glaubte und die Pferde bei ihrem Morgentraining beobachten ließ, wurde er so ärgerlich, daß er sich entschloß, den Spion seines Neffen hinters Licht zu führen. Aus diesem Grund ließ er dann die Beine des Pferdes färben, und Mr. Jeans verwechselte natürlich ›Junket‹ mit ›Yamen‹. Dann erzählte mir Mr. Greyman noch, daß er große Summen auf seinen Favoriten gesetzt habe und daß er hoffe, dadurch ein Vermögen zu verdienen.«

»Dann hast also – außer Greyman – du allein von all den vielen Leuten in Epsom gewußt, daß ›Yamen‹ gewinnen würde?«

»Hätte ich sonst hundert Pfund auf ihn gesetzt? Du wirst doch nicht glauben, daß ich so leichtsinnig gewesen wäre . . .«

DIE PRIVATSEKRETÄRIN

Als sich Barbara Long in dem Haus Nr. 704 in der Avenue Road meldete, das am Rand des Regent's Park lag, hatte sie keine andere Absicht, als der Tretmühle der Büroarbeit bei den großen Firmen zu entgehen. Sie wollte sich um die Stelle einer Sekretärin bewerben und dadurch genügend freie Zeit gewinnen, um ihren künstlerischen Neigungen folgen zu können. Mit einem bescheidenen Gehalt hoffte sie das kleine Einkommen aus der Hinterlassenschaft ihres Vaters zu erhöhen.

Es war ein repräsentatives, jedoch nicht allzu großes Gebäude mit einer schönen Fassade; auch eine kleine Garage gehörte dazu. Später erfuhr sie, daß darin nur das Motorrad des Butlers stand. Die tadellos geputzten Fenster glänzten in der Sonne, und der Vorgarten war gut gepflegt. Große Beete schwefelgelber Chrysanthemen hoben sich prachtvoll von dem grauen Mauerwerk ab. Dies alles machte auf Barbara gleich zu Anfang einen sympathischen Eindruck.

Sie hatte sich vorher in Nachschlagewerken vergewissert, wer Mr. Harbord Brownwill eigentlich war. Dabei hatte sie feststellen können, daß er noch immer den Beruf eines Rechtsanwaltes ausübte, obwohl er bereits das Alter von fünfundsiebzig Jahren erreicht hatte. Aus weiteren Angaben ging hervor, daß er keinen Klubs angehörte und daß er sich auch sonst sehr wenig in der Öffentlichkeit zeigte. In dem kurzen Artikel, den sie in einem Handbuch über Juristen fand, war natürlich nicht erwähnt, daß er ein großes Vermögen besaß; auch von einem Erben war darin nicht die Rede.

Sie drückte auf die Klingel und stand gleich darauf dem Butler gegenüber. Mr. Jennings, ein Mann in mittleren Jahren, trug eine tadellose Livree; er hatte einen etwas melancholischen Gesichtsausdruck. Im übrigen sah er sehr achtbar und würdevoll aus. Später lernte sie auch seine hagere und zänkische Frau kennen, die zu gleicher Zeit Haushälterin und Krankenpflegerin Mr. Brownwills war.

»Sie wollen sich um die Stellung bewerben?« Der Butler sah Barbara prüfend von der Seite an, dann kratzte er sich das Kinn und schaute nachdenklich an ihr vorbei auf die gutgehaltenen Buchsbaumhecken, die parallel zur Gartenmauer liefen. »Wollen Sie bitte näher treten?«

Er führte sie in das Arbeitszimmer, das mit einem gewissen Luxus ausgestattet war, und erkundigte sich dann nach ihrem Namen. Seine Züge hellten sich auf, als sie seine Fragen beantwortete.

»Ja – Barbara Long, das war der Name.« Er nickte. »Mr. Brownwill hat mich bereits instruiert. ›Engagieren Sie die junge Dame, wenn sie nett aussieht‹, sagte er. Aber warten Sie bitte, ich will ihn erst noch einmal fragen.«

Daraus schloß sie, daß Mr. Brownwill infolge seines hohen Alters zurückgezogen lebte und sich nicht zeigen wollte. Sie wartete. Nach einiger Zeit wurden die gedämpften Schritte des Butlers auf der mit dicken Läufern belegten Treppe wieder hörbar. Seine Unterhaltung mit Mr. Brownwill hatte ziemlich lange gedauert. Sicher hatte sich der Rechtsanwalt von Jennings genauen Bericht über sie erstatten lassen.

»Neun Pfund wöchentliches Gehalt«, erklärte der Butler, als er zur Tür hereintrat. »Außerdem haben Sie eine sehr angenehme Arbeitszeit: von zehn Uhr vormittags bis drei Uhr nachmittags.«

So erhielt Barbara Long die Stelle einer Sekretärin, und es begann ihre Bekanntschaft mit dem Haus, das von dem Butler Jennings verwaltet wurde.

Sie erfuhr sehr bald, daß er eine große Vorliebe für das Theater hatte und viel von der Bühne und von Schauspielern sprach.

Mr. Jennings hatte eine Dreizimmerwohnung im Obergeschoß des Hauses. Öfter lud er Barbara ein, seine Sammlung von Fotografien berühmter Künstler zu betrachten. Und es war rührend, daß seine Frau seine merkwürdige Leidenschaft für das Theater teilte. Beide besuchten häufig Schauspiel und Oper und kannten den Spielplan der Londoner Bühnen sehr genau.

»Es gibt nichts Schöneres und Höheres als die Beschäftigung mit der Kunst, besonders mit der klassischen Schauspielkunst«, meinte Mr. Jennings begeistert. »Es ist doch etwas deprimierend, wenn man mit einem kranken alten Mann im selben Haus leben muß. Da ist das Theater ein schönes Gegengewicht. Es sorgt dafür, daß man nicht vollkommen abstumpft und schließlich selber melancholisch wird.«

Der Umgang mit Mr. Brownwill schien tatsächlich nicht einfach und leicht zu sein. Barbara hatte niemals Gelegenheit, in das Krankenzimmer zu gehen, und sie war eigentlich auch froh darüber, denn Mr. Jennings hatte ihr schon gesagt, daß der Rechtsanwalt ein griesgrämiger alter Herr sei, der über alles schimpfe. Deshalb überließ sie den Verkehr mit Mr. Brownwill gern dem Butler und seiner etwas verbissenen Frau.

»Er ist beinahe achtzig Jahre alt. Da ist es schließlich kein Wunder, wenn er sauertöpfisch und verdrießlich ist. Der arme Mann liegt nun schon seit mehreren Jahren fest zu Bett; es ist ein Jammer, daß er nicht mehr ausgehen kann. Früher habe ich ihn wenigstens noch im Fahrstuhl ausgefahren, aber jetzt ist er zu gebrechlich geworden und hat sich gänzlich zurückgezogen. Mir macht nur Sorge, daß er keinen Arzt sehen will, ebensowenig einen Rechtsanwalt. Er hat auch keine Verwandten – mit Ausnahme eines Enkels. Das ist allerdings ein ganz wilder Mensch; so etwas habe ich überhaupt noch nicht erlebt. Gesehen habe ich ihn allerdings noch nicht, aber Mr. Brownwill hat öfter von ihm gesprochen und sich über den zügellosen Charakter des jungen Mannes beklagt.«

Nur ein einziges Mal sprach Barbara mit Mr. Brownwill selbst. Als sie gerade damit beschäftigt war, einen unendlich langen Pachtvertrag abzuschreiben, klingelte plötzlich das Haustelefon.

»Schicken Sie mir Mrs. Jennings«, befahl eine etwas rauhe Stimme.

»Jawohl, Mr. Brownwill«, antwortete Barbara, da sie die Identität des Mannes vermutete.

»Sind Sie Miss Long? – Hm, haben Sie Ihr Gehalt regelmäßig bekommen? Und sind Sie mit der Stellung zufrieden?«

»Ja, ich danke Ihnen.«

Damit war das Gespräch zu Ende, und im Zimmer über ihr wurde der Hörer aufgelegt. Später telefonierte sie nicht mehr mit dem Hausherrn.

Die Arbeit war nicht allzuschwer. Barbara hatte gewöhnlich

ein paar Geschäftsbriefe zu schreiben, deren Inhalt ihr von Mr. Jennings skizziert wurde. Wenn sie die Briefe aufgesetzt und geschrieben hatte, brachte sie der Butler zur Unterschrift ins Krankenzimmer. Außerdem hatte sie viele alte Akten, Verträge und so weiter abzuschreiben, und einmal in der Woche wurde sie auf die Bank geschickt, um einen Scheck einzulösen. Das waren ihre Pflichten, die sie nicht gerade schwer drückten. In den Haushalt hatte sie keinen rechten Einblick. Es war noch ein Stubenmädchen vorhanden; es schien irgendeinen heimlichen Kummer zu haben, denn es sah immer bedrückt und traurig aus. Einmal hatte das Mädchen auch rotgeweinte Augen.

Als Barbara eines Tages früher als sonst kam, traf sie auch eine Aufwartefrau an. Alle Zimmer waren stets schon in Ordnung, wenn sie erschien, und der ganze Haushalt schien sich glatt abzuwickeln, ohne daß weitere Angestellte notwendig waren.

Barbara hatte ihre Stellung nun schon sechs Monate inne, und das erste Grün zeigte sich an den Sträuchern und Bäumen im Garten, als Mr. Jennings eines Morgens in ihr Arbeitszimmer trat und ihr wie immer guten Morgen wünschte. Er gab ihr dann die Briefe, die mit der Post gekommen waren. Der Rechtsanwalt hatte mit Bleistift kurz darauf vermerkt, wie sie beantwortet werden sollten.

Damit war eigentlich die Aufgabe des Butlers erledigt, aber er blieb noch in der Tür stehen und sah Barbara sonderbar an. Sie spannte gerade einen Bogen in ihre Schreibmaschine.

»Wenn Sie können, schreiben Sie bitte die Briefe möglichst bald – heute morgen ist er wieder in sehr schlechter Stimmung.« Er seufzte schwer und schüttelte den Kopf. »Er regt sich sehr leicht auf – bei einem kranken alten Mann ist das ja nicht weiter verwunderlich. Ich staune nur, wie er schimpfen kann. Aber sonst ist er trotz seiner langen Krankheit wirklich noch ziemlich rüstig. – Haben Sie übrigens schon an Miss Alma Devinne wegen des Fotos geschrieben?«

Barbara Long lächelte. »Ja, gewiß, Mr. Jennings.«

Er nickte, und seine Augen leuchteten in Begeisterung auf. »Das ist dann Bild Nummer 192«, erklärte er stolz. »Ich glaube nicht, daß es eine bessere Sammlung von Schauspielerporträts in London gibt als die meine. Wenn ich in meiner Jugend meinen Willen hätte durchsetzen können, wäre ich selbst zur Bühne gegangen. Meine Frau übrigens auch, die schwärmt ebenso für das Theater wie ich.«

Barbara blieb ernst, obwohl es ihr schwerfiel. Sie konnte sich nicht recht vorstellen, wie Mrs. Jennings auf der Bühne gewirkt hätte.

»Gestern abend waren wir wieder im Theater und haben uns ›Irrwege der Liebe‹ angesehen. Ich sage Ihnen, Miss Long: ein wunderbares Stück! Der Höhepunkt ist, wenn die Heldin ihrem Onkel ins Gesicht sagt: ›Du bist ein Mörder!‹ Und dann die Szene, in der Richard mit Ernest aneinandergerät und ihn nach hartem Kampf die Treppe hinabwirft – einfach herrlich!«

Barbara konnte sich kaum denken, daß ein solcher Reißer irgendwelchen künstlerischen Wert besitzen sollte.

»Sie lieben es wohl, wenn es richtig schaurig ist, Mr. Jennings?«

»Selbstverständlich.« Er seufzte befriedigt. »Da hat man doch etwas zum Nachdenken – man bekommt Gedanken und Ideen . . .«

Plötzlich verdüsterte sich sein Gesicht; er zögerte einen Augenblick, dann schloß er die Tür und trat auf Barbara zu. Gleichzeitig nahm er den Schlüssel zu dem großen Safe aus der Tasche, der in der Bibliothek stand.

»Ich möchte Sie um eine Gefälligkeit bitten, Miss Long. Könnten Sie diesen Schlüssel an sich nehmen? Aber befestigen Sie ihn bitte an Ihrem Schlüsselring und behalten Sie ihn immer bei sich, damit Sie ihn zu jeder Zeit finden können, ganz gleich, ob es Tag oder Nacht ist.«

Sie starrte ihn verblüfft an.

»Ich soll wirklich den Geldschrankschlüssel an mich nehmen«? fragte sie, als ob sie nicht richtig gehört hätte.

»In dem Safe liegt ein großer Briefumschlag . . . er ist versiegelt.« Jennings war so aufgeregt und nervös, daß er kaum zusammenhängend sprechen konnte. »Wenn mir etwas zustoßen sollte . . . dann nehmen Sie den Brief bitte heraus.«

Barbara hatte das Gefühl, daß etwas hinter dieser Sache

steckte. Jennings hatte zwar theatralische Anwandlungen, aber damit allein ließ sich dieses ungewöhnliche Verhalten nicht erklären. Sie nahm den Schlüssel daher an sich und schob ihn auf den Ring, an dem auch der Hausschlüssel hing.

»Ich habe noch einen zweiten Schlüssel zum Safe«, versicherte er und zeigte ihr diesen.

Dann nickte er ihr noch einmal geheimnisvoll zu und ging befriedigt und erleichtert aus dem Zimmer.

Am selben Nachmittag lernte Barbara im Autobus einen jungen Mann kennen. Zuerst nahm sie keine Notiz von ihm, obwohl er sich neben ihr niederließ. Ihre Aufmerksamkeit war ganz durch den regen Verkehr auf der Straße in Anspruch genommen, und außerdem dachte sie an den Abend. Barbara hatte nämlich vor, ins Theater zu gehen, und zwar mit einer Freundin, die in derselben Pension wohnte wie sie. Die beiden hatten von ihrer Wirtin Karten zu einem nicht gerade erfolgreichen Theaterstück geschenkt bekommen.

Plötzlich erhob sich der junge Mann neben ihr, aber nach Barbaras Meinung hätte er sich einen anderen Platz für seinen Fuß aussuchen können als ausgerechnet die Spitze ihres Schuhs.

Sie schrie leise auf, und er wandte sich bestürzt und verwirrt zu ihr um.

»Ach, das tut mir wirklich außerordentlich leid«, entschuldigte er sich.

Er hatte ein sonnengebräuntes Gesicht wie Leute, die lange in den Tropen gelebt haben.

»Es ist nicht so schlimm«, erwiderte sie. »Sie sind mir zum Glück nur auf den Schuh und nicht auf den Fuß getreten; ich hätte eigentlich gar nicht zu schreien brauchen.«

»Verzeihen Sie, daß ich so unachtsam war, aber ich sah eben einen Mann, den ich am liebsten umbringen möchte.«

Er sagte das, ohne zu lächeln, und seine Worte klangen auch nicht theatralisch. Sie war sofort überzeugt, daß er tatsächlich die Absicht hatte, den Mann umzubringen.

Sie betrachtete ihn näher. Er mochte etwa fünfundzwanzig Jahre alt sein, hatte klassisch geschnittene Züge, einen energischen Mund und ein wohlgeformtes Kinn. Aber am meisten gefielen ihr seine lebhaften grauen Augen.

Er hatte sie schon vorher von der Seite angesehen, denn ihre Schönheit war ihm aufgefallen. Barbara hatte auch wirklich ein charaktervolles Gesicht, und er hielt sie auch für intelligent und klug. Außerdem war er gerade erst aus einer einsamen Tropengegend zurückgekommen, wo es nur wenige weiße Frauen gegeben hatte. Es war daher nicht verwunderlich, daß ihm zunächst beinahe jede Frau reizvoll und anziehend erschien.

Barbara Long lebte schon mehrere Jahre allein in der Großstadt und besaß daher ein feines Gefühl dafür, welchen Leuten sie trauen konnte. Sie wußte sofort, ob sie sich mit einem jungen Mann in eine Unterhaltung einlassen durfte oder ob sie ihn kurz abweisen mußte. Zu diesem Mann mit den grauen Augen faßte sie gleich Vertrauen.

»Wollen Sie ihn wirklich umbringen?« fragte sie.

»›Wollen‹ gewiß. Aber tun werde ich es natürlich nicht.«

»Sie waren sicher in den Tropen?«

Er sah sie erstaunt an, dann lachte er. »Ja, ich war in Afrika. Wenn ich nicht so lange von England fern gewesen wäre, würde ich auch nicht einen anderen Menschen umbringen wollen. Dieser Kerl ist ein ganz gemeiner Schleicher.« Er stöhnte, als ob ihm furchtbare Erinnerungen kämen. »Ich war tatsächlich ein Narr, daß ich so leichtgläubig war. Aber ich sehe ihn heute abend. Mir ist zumute wie einer Fliege, die von der Spinne eingeladen wird, in ihr Netz zu kommen.«

Sie lachte. »Das klingt ja fast dramatisch.«

Sie stiegen zusammen an der Ecke der Addison Road aus. Er half ihr beim Aussteigen, aber er gab sich weiter keine Mühe, die Bekanntschaft zu vertiefen. Sie wäre auch erstaunt gewesen, wenn er sich auf die üblichen Anknüpfungsversuche verlegt und zum Beispiel gefragt hätte, wo sie wohnte, ob sie gern ins Kino ginge und so weiter. Und doch hätte sie es gern gesehen, wenn er sie noch ein Stück begleitet und mit ihr gesprochen hätte.

Die Pension, in der Barbara Long wohnte, befand sich in der Earl's Court Road und unterschied sich in keiner Weise von anderen Pensionen. Barbaras großes Zimmer war mit den Möbelstücken ausgestattet, die sie aus dem Haus ihres Vaters gerettet hatte. Nach seinem Tod hatte fast alles veräußert werden müssen, um seine Schulden zu bezahlen.

Sie trank im Speisezimmer Tee und aß ein paar belegte Brote, dann ging sie auf ihr Zimmer und kleidete sich langsam fürs Theater an. Immer wieder mußte sie an den hübschen jungen Mann mit dem gebräunten Gesicht und den grauen Augen denken. Sie überlegte, wer er wohl sein mochte und wer sein Gegner war, den er am liebsten umgebracht hätte.

Dann dachte sie an Mr. Jennings. Sie hätte doch eigentlich diesen großen Theaterkenner vorher fragen sollen, was er über das Stück dachte, das sie heute abend sehen würde. Währenddessen schloß sie die Schublade auf, in der sie die wenigen Schmuckstücke ihrer verstorbenen Mutter aufbewahrte.

Als sie zum Abendessen hinunterging, erfuhr sie, daß ihre Freundin, die mit ihr ins Theater gehen wollte, sich mit Grippe hatte zu Bett legen müssen.

Barbara blieb jedoch bei ihrer Absicht. In gewisser Weise war es ihr sogar angenehm, daß sie allein sein konnte, denn sie hatte genug erlebt, um darüber nachzudenken.

Die Pensionsinhaberin saß ihr bei Tisch gegenüber.

»Hat Luise Ihnen die Mitteilung ausgerichtet, Miss Long?«

»Welche Mitteilung?« fragte Barbara erstaunt.

Die Wirtin schüttelte ärgerlich den Kopf und ließ Luise kommen.

»Er hat telefoniert, nachdem Sie auf Ihr Zimmer gegangen waren, und ich dachte, Sie wären schon fort«, sagte das Mädchen.

»Wer war es denn?«

»Mr. Pennings.«

»Ach, Sie meinen sicher ›Jennings‹«, verbesserte Barbara schnell. Es war das erstemal, daß der Butler sie angerufen hatte.

»Ja, das stimmt – ›Jennings‹ hieß der Herr. Er fragte, ob Sie kommen wollten – ich habe ihn nicht recht verstanden, weil es draußen so laut war. Aber jetzt weiß ich es wieder. ›Bestellen Sie Miss Long, daß sie kommen möchte‹, sagte er.«

»Hat er nicht gesagt, wann ich kommen soll?«

147

Luise überlegte; sie runzelte die Stirn.

»Vielleicht morgen«, meinte sie dann.

»Das glaube ich nicht«, erwiderte Barbara. »Ich werde ihn selbst einmal anrufen.«

Aber die Nummer war besetzt. Nach einigen Minuten versuchte sie es aufs neue, sie hatte jedoch wieder keinen Erfolg. Darauf kehrte sie ins Speisezimmer zurück und beendete ihr Abendessen. Schließlich ging sie nach oben, holte ihren Mantel, verließ das Haus und leistete sich den Luxus, ein Taxi zu nehmen.

Wahrscheinlich war noch ein Brief zu schreiben, der mit der Abendpost weggehen sollte.

Als sie zu dem Haus kam, war es dunkel in der Halle. Aber sie kannte den Weg sehr genau; sie ging durch den dunklen Korridor und trat in die Bibliothek ein.

Sie hatte erwartet, Mr. Jennings dort zu finden, aber der Raum war leer. Deshalb ging sie zur Tür zurück und lauschte auf den Gang hinaus, aber sie konnte nichts hören; es herrschte vollständige Ruhe im Haus. Vielleicht hatte er ihr einen Zettel auf den Schreibtisch gelegt? Sie suchte alles ab, aber sie entdeckte nichts. Das Telefon stand auf dem Schreibtisch – der Hörer war abgenommen. Nun wußte sie auch, warum sie vergeblich angerufen hatte.

Was sollte sie tun? Während sie noch nachdachte, hörte sie, daß die Haustür aufgeschlossen wurde, und gleich darauf vernahm sie die Stimme des Butlers.

»Treten Sie ruhig näher. Es ist niemand im Haus außer Mr. Brownwill. Hier können wir uns ruhig unterhalten, ohne daß uns jemand belauscht.«

Barbara zögerte unentschlossen. Hinter dem schweren blauen Vorhang in der einen Ecke lag eine Tür, die zu einem kleineren Raum führte. Dort nahm sie für gewöhnlich ihren Lunch ein. Sie schlüpfte hinter den Vorhang, als sie hörte, daß Mr. Jennings seinen Besucher in die Bibliothek brachte. Aber sie sah sich einer neuen Schwierigkeit gegenüber, denn die Tür war verschlossen. Wohl oder übel mußte sie sich also hinter dem Vorhang verstekken und anhören, was in dem Zimmer gesprochen wurde.

Eigentlich wollte sie kühn hervortreten, aber ein merkwürdiges Gefühl hielt sie zurück. Außerdem war sie auch in gewisser Weise neugierig. Warum hatte Mr. Jennings mit solcher Betonung gesagt, daß niemand das Gespräch belauschen würde?

»Die Sekretärin geht schon um drei Uhr nachmittags nach Hause«, erklärte der Butler. »Ich wollte Sie eigentlich erst bitten, morgen hierherzukommen, damit wir alles eingehend besprechen können. Ich habe ihr deshalb auch telefonisch mitgeteilt, daß sie morgen nicht zu kommen braucht.«

Nun erfuhr Barbara, welche Nachricht Mr. Jennings in der Pension hinterlassen hatte. Luise hatte sie falsch ausgerichtet.

»Nehmen Sie doch bitte Platz, Mr. John. Hier ist ein Stuhl; setzen Sie sich.«

Die Stimme des Butlers klang unnatürlich und schrill. Barbara hätte sie beinahe nicht wiedererkannt.

»Wie geht es meinem Großvater?« fragte der Besucher.

Barbara glaubte, seine Stimme schon einmal gehört zu haben, und überlegte verwundert, wo das gewesen sein konnte. Durch die Spalte des Vorhangs durfte sie nicht schauen, wenn sie nicht entdeckt werden wollte.

»Es geht ihm schlecht – äußerst schlecht«, erwiderte Jennings und seufzte tief. »Ich fürchte, der alte Herr wird nicht mehr lange leben.«

Es trat eine Pause ein.

»Jennings, ich möchte eine direkte Frage an Sie richten«, sagte der Fremde dann. »Sind alle Briefe, die ich an meinen Großvater geschrieben habe, ihm sofort überbracht worden?«

»Ich kann Ihnen versichern, daß ich ihm alle gegeben habe«, erklärte Jennings. »Ich habe sie stets sofort ins Krankenzimmer gebracht, Mr. John.«

»Sie lügen!«

Barbara wurde neugierig. Sie zog den Vorhang ein wenig zur Seite und sah – den jungen Mann, den sie im Bus kennengelernt hatte!

Er war in Abendkleidung, aber sie erkannte ihn trotzdem sofort wieder. Als sie ihn gerade genauer betrachten wollte, wandte er sich um, und erschrocken trat sie einen Schritt zurück.

»Keiner meiner Briefe ist meinem Großvater ausgehändigt worden«, sagte Mr. John streng. »Sie haben mich immer gehaßt, Jennings, Sie haben keine Gelegenheit vorüber gehen lassen, ohne meinen Großvater über mich zu belügen. Vor drei Monaten habe ich ihm einen Brief geschickt, in dem ich ein paar Zeilen in französischer Sprache schrieb. Darin teilte ich ihm mit, daß meiner Meinung nach meine Briefe unterschlagen würden, und bat ihn, sofort zu antworten. Hätte er das Schreiben erhalten, so hätte er mir todsicher geantwortet.«

Mr. Jennings schwieg. Barbara hörte, daß er schwer atmete.

»Sie haben eine falsche Meinung von mir, Mr. John«, sagte der Butler nach einer Pause. »Ich habe alles getan, was ich für Sie tun konnte, ebenso auch für Ihren Großvater. Es ist sehr ungerecht von Ihnen, daß Sie mich derart beleidigen –«

»Ich will den alten Herrn jetzt selber sprechen.«

Barbara konnte sich vorstellen, daß Jennings den Kopf schüttelte.

»Es tut mir sehr leid, aber das kann ich nicht zulassen. Wir haben erst heute über Sie gesprochen, und er entließ mich mit den Worten: ›Lassen Sie den jungen Mann nicht in dieses Zimmer; er will nur Geld von mir.‹«

Barbara zog den Vorhang wieder ein wenig zurück und sah, daß Mr. John vom Stuhl aufsprang.

»Das ist schon wieder eine grobe Lüge!« rief er laut.

»Es tut mir leid«, erwiderte Jennings in entschuldigendem Ton.

Die beiden waren jetzt in die andere Ecke des Zimmers getreten, so daß Barbara sie nicht sehen konnte; sie standen aber in der Nähe des Vorhangs. Ihre Stimmen klangen lauter.

»Es tut mir sehr leid. Ich hätte niemals gedacht, daß Sie mir so etwas vorwerfen würden«, fuhr der Butler in seiner monotonen Art fort. »Obendrein hier in diesem Zimmer, wo das Bild Ihres Großvaters auf Sie herabschaut.«

In dem Zimmer hängt doch gar kein Bild von Mr. Brownwill, dachte Barbara.

Allem Anschein nach mußte diese Behauptung auch den jungen Mann in Erstaunen gesetzt haben, so daß er sich umdrehte.

Dann hörte Barbara ein dumpfes Geräusch.

Mr. Jennings trat einen Schritt vor und brummte.

»So, nun wirst du Bursche genug haben!« sagte er triumphierend.

Ein paar Sekunden später wurde die Tür geschlossen, und als Barbara den Vorhang zurückschlug, wäre sie beinahe ohnmächtig umgesunken. Ein grauenvoller Anblick bot sich ihr.

Vor ihren Füßen lag John Brownwill – es konnte, nach allem, was sie gehört hatte, niemand anders sein. Nirgends vermochte sie eine Wunde zu entdecken, aber er lag besinnungslos am Boden. Gleich darauf bemerkte sie jedoch einen kurzen, dicken Gummiknüppel, der dicht neben John Brownwills Kopf lag.

Kaum hatte sie das alles entdeckt, als sie draußen schon wieder Schritte hörte, und sie war gerade hinter den Vorhang geschlüpft, als Jennings eintrat. Diesmal war er von seiner stets so schweigsamen Frau begleitet.

»Hilf mir, ihn in den Keller zu bringen«, sagte er scharf und befehlend.

Vom Gang draußen drang unterdrücktes Schluchzen herein.

»Das Mädel soll den Schnabel halten«, fuhr er seine Frau an.

»Sei ruhig!« rief Mrs. Jennings auf den Korridor hinaus.

»Um Himmels willen«, hörte Barbara eine heisere Stimme von draußen, »wir kommen bestimmt alle noch deshalb ins Zuchthaus. Ach, Mutter, warum hast du nur zugelassen, daß Vater das getan hat!«

»Komm herein und hilf, statt daß du wie ein Schloßhund heulst«, erwiderte Mr. Jennings rauh.

Das weinende Mädchen kam zögernd in die Bibliothek, bückte sich und hob die Beine des jungen Mannes auf.

Barbara lauschte und beobachtete, starr vor Schrecken.

Bald darauf wurde eine Tür im Erdgeschoß geöffnet; Jennings und die beiden Frauen gingen in den Keller hinunter. Barbara trat nun aus ihrem Versteck hervor. Sie dachte an Mr. Brownwill; der Rechtsanwalt war, zwar ein alter Mann, aber vielleicht konnte er doch helfen.

Sie lief die Treppe hinauf und drückte die Türklinke seines Zimmers nieder; die Tür ging auf.

»Mr. Brownwill«, flüsterte sie erregt.

Als keine Antwort kam, drehte sie das Licht an. Der Raum war leer und nicht einmal vollkommen möbliert. Das Bett war nicht bezogen. Barbara schaltete das Licht wieder aus; sie wußte nicht, was sie von dieser Entdeckung halten sollte. Ratlos trat sie wieder auf den Flur hinaus und ging bis zum Anfang der Treppe. In diesem Augenblick hörte sie die Stimme des Butlers, der unten mit seiner Frau sprach.

»Ich dachte, du würdest früher kommen«, sagte Mrs. Jennings. »Ich hörte, wie die Haustür geöffnet wurde. Hier im Haus gibt es so viele unheimliche Geräusche, daß ich jedesmal eine Gänsehaut bekomme . . . Was willst du mit ihm machen?«

»Das weiß ich noch nicht, aber ich werde mir schon noch etwas überlegen«, erwiderte er leise. »Wir haben ja noch den morgigen Tag vor uns. Miss Long kommt nicht.«

Unten wurde die Küchentür geöffnet und wieder zugeschlagen. Barbara entschloß sich, in die Bibliothek zurückzukehren. Dort befand sich eine Tür zur Veranda, und auf diesem Weg wollte sie sich aus dem Haus schleichen. Sie zitterte am ganzen Körper, aber sie erreichte die Bibliothek, ohne das geringste Geräusch zu machen.

Plötzlich hörte sie ein schwaches Klappern in ihrer Handtasche; die Schlüssel darin mußten zusammengestoßen sein. Barbara erinnerte sich nun an das sonderbare Verlangen, das Jennings an sie gestellt hatte. Sie dachte an den versiegelten Brief, der im Safe liegen sollte, und zögerte nicht länger. Mit zitternden Händen schloß sie den Safe auf und tastete ins Innere. Gleich darauf hatte sie auch schon das gesuchte Kuvert gefunden.

Sie trat an den Kamin, schürte das Feuer, so daß die Flammen hell emporschlugen, und las dann die Aufschrift. Sie lautete sonderbar; ›An alle, die es betrifft. Beweis für Mr. Jennings Unschuld.‹

Barbara richtete sich auf, als plötzlich das Licht angedreht wurde. Jennings stand in der Tür und starrte sie an, während sein Gesicht zuckte.

»Was . . . was . . . machen Sie denn hier?« fragte er atemlos.

Dann sah er die offene Tür des Geldschranks und den großen

Briefumschlag in ihren Händen und taumelte zurück, als ob ihn jemand ins Gesicht geschlagen hätte.

»Geben Sie das her«, rief er außer sich und machte ein paar Schritte auf sie zu.

Barbara wußte selbst nicht, wie sie auf den Einfall kam, plötzlich den Brief in die Nähe des Feuers zu halten. Aber sie hatte erkannt, daß er Angst hatte.

»Kommen Sie keinen Schritt näher«, rief sie erregt, »sonst werfe ich ihn ins Feuer.«

Wie gebannt blieb er stehen. Sein Gesicht wurde aschfahl, und er zitterte vor Angst.

»Nein – tun Sie das nicht!« stieß er hervor.

In diesem Augenblick trat seine Frau in die Bibliothek.

»Ich will alles tun – alles, was Sie wollen!« schrie Jennings. »Aber verbrennen Sie den Brief nicht! Um Himmels willen, Miss Long, tun Sie das nicht!«

»Gehen Sie auf die Straße und holen Sie einen Polizisten«, befahl Barbara.

Sie hielt das selbst für ein geradezu tollkühnes Verlangen, und sie wollte ihren Augen und Ohren kaum trauen, als er sich tatsächlich sofort an seine Frau wandte.

»Schnell, lauf auf die Straße und hol einen Polizisten«, sagte er mit bebender Stimme. Dann drehte er sich wieder um. »Halten Sie das Papier nicht so nahe ans Feuer, nehmen Sie es weg . . .«

Mrs. Jennings verschwand. Von irgendwoher aus dem Keller hörten sie, daß jemand mit der Faust gegen eine Tür trommelte.

»Geben Sie mir den Brief«, bat Jennings in flehendem Ton und streckte die Hand nach dem Kuvert aus. »Ich gebe Ihnen tausend Pfund dafür und tue Ihnen nichts zuleide. Ich schwöre Ihnen, daß ich mich ganz ruhig verhalte.«

Zusammenhanglos sprach er noch eine Weile weiter, bis schließlich ein hochgewachsener Polizist in die Bibliothek trat.

Drei Tage später speiste Mr. John Brownwill mit Barbara Long im ›Ritz-Carlton‹ zu Abend. In den drei Tagen hatte sich viel ereignet.

153

»Die Hauptsache ist, daß Jennings nicht als Mörder verurteilt wird«, erklärte der junge Mann. »Wenn Sie den Brief ins Feuer geworfen hätten, wäre das wahrscheinlich unvermeidlich gewesen. Mein Großvater war ein Sonderling und ein ziemlicher Menschenfeind. Sonst hätte er wahrscheinlich gewußt, daß er einen durchtriebenen, egoistischen Butler hatte, der ihn dauernd beschwindelte. Und hätte er sich an einen Arzt gewandt, so hätte der ihm wahrscheinlich gesagt, daß er sehr herzleidend war.

Mein Großvater hatte die Angewohnheit, spät abends noch lange Spaziergänge zu machen; während eines solchen Ausgangs wurde er plötzlich von Schwäche befallen und sank kurz darauf tot aufs Straßenpflaster. Man brachte ihn ins Leichenschauhaus, fand aber nichts in seinen Taschen, was zur Feststellung seiner Identität hätte dienen können. Jennings war erstaunt, als Mr. Brownwill nicht mehr zurückkehrte, und wollte ihn suchen. Dabei erfuhr er zufällig, daß ein unbekannter Mann tot auf der Straße aufgefunden worden war.

Ich glaube, er hatte zuerst die Absicht, meinen Großvater zu identifizieren, aber dadurch hätten er, seine Frau und seine Tochter eine gute Stellung und eine schöne Wohnung verloren. Außerdem wäre wahrscheinlich auch herausgekommen, daß Jennings seit einiger Zeit die Unterschrift meines Großvaters auf Schecks gefälscht hatte. So wurde Walter Brownwill, der ein Vermögen von fünfhunderttausend Pfund besaß, in einem Armengrab beigesetzt, ohne daß jemand seinen Namen kannte. Alle Einzelheiten über seinen Tod und sein Begräbnis waren in dem großen Briefumschlag. Jennings fürchtete, daß eines Tages doch die Abrechnung kommen würde und man ihn dann als Mörder vor Gericht stellen könnte.

Nachdem mein Großvater beerdigt worden war, schien zunächst alles gut zu gehen. Jennings brauchte ja nur so zu tun, als ob Brownwill noch im Hause lebte. Deshalb engagierte er auch Sie als Privatsekretärin, um seine Stellung zu sichern. Einmal in der Woche schickte er Sie zur Bank, um Geld zu holen, wodurch Sie den Bankbeamten bekannt wurden. Und das hatte wieder zur Folge, daß der Butler immer größere Summen abheben konnte, ohne daß es besonders auffiel.

Zum Unglück für ihn tauchte aber ich in Europa auf und bestand darauf, meinen Großvater zu sehen. Jennings versuchte mich abzuweisen – er war übrigens auch der Mann, den ich durchs Fenster des Autobusses auf der Straße sah. An jenem Abend speiste ich mit einigen Bekannten, und ich begegnete ihm vor dem Restaurant, in dem ich gegessen hatte. Dabei sprach er mich an. Er wollte mich treffen, wie er sagte, und hätte schon den ganzen Abend nach mir Ausschau gehalten. Dann brachte er mich hierher. Das hätte leicht mein letzter Besuch werden können. Jennings ist ein vollendeter Schauspieler. Er verstand es glänzend, sich zu verstellen, so daß ich ihm zuerst glaubte.«

Barbara dachte an die Theaterleidenschaft dieses Mannes und an seine Sammlung von Fotos berühmter Schauspieler und Künstlerinnen, aber sie sagte nichts.

»Und Ihnen verdanke ich nun mein Leben«, fuhr Mr. Brownwill ruhig fort. »Ich habe daher ein kleines Geschenk für Sie besorgt, das ich Ihnen geben möchte, wenn Sie nichts dagegen haben.«

Sie schüttelte den Kopf. Es zeigte sich, daß er wenig Erfahrung in solchen Dingen hatte, denn er steckte den Ring, den er aus einem Etui nahm, an ihre rechte Hand.

DER HERR IM DUNKELBLAUEN ANZUG

Viele Herren versuchten es, eine Bekanntschaft mit Lucia Bradfield anzuknüpfen. Sie kamen ›zufällig‹ an ihrer Wohnung in der St. James Street vorbei, sie lächelten sie an, wenn sie im Hyde Park spazierenging, und sie sahen sich um, ob sie gleichfalls über die Schulter zurückblickte. Sie boten ihr an, den Platz mit ihr zu wechseln, wenn sie ihr in der Eisenbahn gegenübersaßen, oder die Fenster auf- und zuzumachen, und sie begannen mit ihr über das Wetter zu sprechen.

Aber der Herr im dunkelblauen Anzug, den sie an einem Frühlingsnachmittag im Hyde Park traf, sagte ihr nur, daß ihr linker Strumpf schief säße. Er sprach in sachlichem, nüchternem Ton, als ob es zu seinen Gewohnheiten gehörte, Damen auf derartige Dinge aufmerksam zu machen.

Dann wandte er ihr den Rücken, bis sie den Strumpf in Ordnung gebracht hatte.

»Ich danke Ihnen vielmals«, sagte sie, als sie an ihm vorüberging.

»Oh, gern geschehen.«

Mehr Worte wurden nicht zwischen ihnen gewechselt. Er schien sich nicht besonders für sie zu interessieren, und sie wunderte sich nur, daß er trotz des kühlen Wetters keinen Mantel trug.

Am nächsten Tag sah sie ihn wieder, und diesmal hatte er einen Mantel an. Sie erkannte ihn gleich wieder, als er sie im Vorübergehen durch ein Kopfnicken grüßte. Es war wie ein stillschweigendes Einverständnis. Er nickte nur, lächelte aber nicht. Er sah recht gut aus, vermutlich war er Offizier gewesen. Ein Terrier begleitete ihn.

Eine Woche später saß sie wieder im Park. Bald darauf kam er auch des Weges und nahm neben ihr Platz. Dann wehrte er seinen Hund ab, der gestreichelt werden wollte.

»Fort, Joe! – Geh, fang Kaninchen . . .!«

Joe machte sich davon, sah sich aber noch mehrmals um, als ob er seinem Herrn Vorwürfe machen wollte.

»Ein merkwürdiger Hund«, meinte er. »Er ist nicht an

Damen gewöhnt. Meistens verkehre ich nur in Herrengesellschaft.«

»So«, erwiderte sie kühl und gleichgültig; sie war darauf gefaßt, daß er weitere Versuche machen würde, mit ihr ins Gespräch zu kommen. Aber er blieb schweigsam und sah nur nach der untergehenden Sonne. Sie wartete darauf, daß er wieder sprechen würde, und nahm sich vor, sofort aufzustehen, wenn er den Mund aufmachte. Eigentlich hatte sie nichts dagegen, wenn ein fremder Herr sie ansprach, aber es wäre ihr peinlich gewesen, wenn er geglaubt hätte, sie lasse sich ansprechen. Er sagte jedoch kein Wort.

Plötzlich stand er auf, pfiff seinem Hund und ging fort. Diesmal lächelte er ein wenig und berührte den Rand seines Hutes, aber es war ein konventionelles Lächeln, ebenso wie sein Gruß.

So begann ihre Freundschaft mit dem Herrn im dunkelblauen Anzug, die sich langsam weiterentwickelte. Allmählich kamen sie ins Gespräch, und sie erfuhr von ihm, daß er Briefmarken sammelte und im Krieg verwundet worden war. Er liebte gewisse Stellen und Plätze im Park, die auch ihr sehr gefielen. Jedes Thema, das er anschnitt, interessierte sie; aber er sprach wenig von sich selbst, was für einen Mann sehr ungewöhnlich war.

Eines Tages kam ihr zum Bewußtsein, daß er sie mit neuem Interesse betrachtete, aber trotzdem blieb die Unterhaltung einsilbig.

»Es ist doch unendlich schade«, sagte er unvermittelt.

Sie wußte nicht, was er meinte.

Mr. Thirtley ahnte nichts von diesen Begegnungen, sonst hätte er verstanden, warum sich seine Nichte Lucia in letzter Zeit so wenig für seine Unternehmungen interessierte, besonders, was Andrew Murdoch betraf.

Mr. Thirtley hatte Murdoch im ›Klub der zehn Asse‹ kennengelernt, wo dieser mit drei gerissenen jungen Leuten Karten spielte. Als Mr. Murdoch das Lokal verlassen wollte, hatte Thirtley ihn liebenswürdig beim Arm genommen.

»Aber mein lieber junger Mann«, sagte er väterlich, »wie sind Sie bloß in diese schlechte Gesellschaft geraten? Wenn Sie mit solchen Lumpen spielen, können Sie sich darauf gefaßt machen, daß die Ihnen alles abnehmen, sogar die Augenbrauen von der Stirn. Haben Sie bereits viel verloren?«

Mr. Murdoch gestand, daß er an diesem Abend dreißig Pfund verloren hatte. Sein neuer Freund war empört – wie immer, wenn ein Fremder beim Spiel an einen anderen mehr verlor als an ihn selbst.

»Ich komme nur selten hierher, aber ich studiere die Leute hier vom psychologischen Standpunkt aus; deshalb erkenne ich auch gleich die Berufs- und Falschspieler.«

Er erzählte Murdoch vieles über Spielhöllen, noch mehr über sich selbst und seine Nichte und sagte unter anderem auch, daß er Kartenspiel um Geld nicht sehr schätze.

»Ich spiele auch nicht oft Poker«, entgegnete Andrew Murdoch und lächelte dem anderen schnell und vertraulich zu. »Pikett ist mein Spiel – man hält mich für den besten Spieler in Sydney, aber in London ist es schlecht, wenn man die Leute nicht kennt, die man als Partner hat.«

Mr. Thirtley faßte den Entschluß, diesen wohlhabenden Fremden in seine Wohnung einzuladen. Vor allem sollte Mr. Murdoch Lucia kennenlernen. Ohne seine Nichte würde er bei diesem Mann wohl schwerlich Erfolg haben.

Drei Wochen später hörte Lucia ihrem Onkel zu, der ihr einen Plan auseinandersetzte. Als er fertig war, fragte sie ihn kühn: »Und wenn ich nun nicht mitmache, was geschieht dann?«

Ein Grinsen ging über Mr. Thirtleys breites, unfreundliches Gesicht. »Nun sei bloß nicht verrückt und fang an, mit mir zu streiten. Ich kenne dich ganz genau; du brauchst mir nichts vorzuspielen und erst recht keine Sentimentalität zu heucheln. Du bist kein Kind mehr; dieser Australier ist ziemlich leicht zu nehmen und für uns direkt Gold wert. Außerdem ist nicht das geringste Risiko damit verbunden. Er hat ein Guthaben von zwölftausend Pfund bei der Midland-Bank, und er ist rasend in dich verschossen.«

»Er hat nicht zwölftausend Shilling, die ihm selbst gehören – aber du hast fünfzigtausend und kannst kommen und gehen, wie du willst«, entgegnete sie eisig. »Ich arbeite noch nicht sehr lange in diesem merkwürdigen Gewerbe, aber ich weiß genug. Dartmoor ist voll von solchen Leuten, die fremdes Geld von der Bank holten und es sich nachher im Spiel abnehmen ließen. Wenn er in mich verschossen ist, so ich noch lange nicht in ihn. Und Erpressereien sind schmutzig – wenigstens meiner Auffassung nach.«

Mr. Thirtley wurde rot. »Es handelt sich hier nicht um Erpressung«, erklärte er übermäßig laut. »Ich möchte nur wissen, was mit dir los ist. Bist du nicht mehr ganz richtig im Kopf? Ist bei dir eine Schraube locker? In den beiden letzten Monaten hast du dich vollkommen verändert. – Nun gut, wir werden ja sehen!«

Er war ehrlich erstaunt über sie und starrte sie verblüfft an.

Lucia war eine fesselnde Erscheinung – eine moderne, elegante Frau mit schlanker Figur, hübschem Gesicht und großen dunklen Kinderaugen. Außerdem bewegte sie sich mit entzückender Anmut. Mr. Thirtley wußte sehr wohl, welche Anziehungskraft sie auf die Männer ausübte, wenn auch er selbst nicht unter ihrem Einfluß stand. Ohne ihre Hilfe wäre es ihm schwergefallen, seine Opfer zu berauben. Je älter er wurde, desto mehr erkannte er seine Grenzen. Er hatte nicht mehr das unschuldige, harmlose Gesicht, das das beste Aushängeschild für seinen Beruf bildete und auf das früher fast alle begüterten Leute hereingefallen waren. Im Laufe der Jahre waren seine Züge scharf geworden; es prägte sich in ihnen eine gewisse Schlauheit und Gerissenheit aus, die seine Opfer warnte. Er mußte einen Partner haben, und schließlich hatte er Lucia Bradfield aus der Schule genommen, in der er sie hatte erziehen lassen. Damals war sie erst sechzehn Jahre alt gewesen. Nachher hatte sie ein sonderbares Leben geführt.

Bo Parker, der Betrüger, hatte auch einmal ein Mädchen zu seiner Helferin herangebildet, sich aber in sie verliebt. Als sie dann soweit war, daß sie ihm hätte nützen können, lief sie ihm fort und arbeitete mit Mr. Thirtley zusammen. Bo wurde ärgerlich darüber und wollte sich an Thirtley rächen, aber sie ging zur

Polizei und verpfiff ihn, so daß er für sieben Jahre ins Zuchthaus gesteckt wurde. Zufällig wurde durch Bo auch ein gewisser Crewe Wall in die Affäre verwickelt, ein Falschspieler, der kaum seinesgleichen hatte. Auch sein offenes Geständnis änderte nichts an der Länge und Härte seiner Strafe. Mr. Thirtley dachte immer noch an das hübsche Mädchen und seufzte, denn sie war später auch ihm davongelaufen.

Mr. Thirtley hatte daraufhin seine Nichte zu seiner Assistentin herangebildet. Sie sollte die Opfer anlocken, die er auszuplündern gedachte.

»Du bist ja plötzlich ganz aufsässig geworden. Und doch habe ich dich gerade davor ausdrücklich gewarnt. Hier ist nun ein Mann –«

»Ich interessiere mich absolut nicht für ihn, wenn du darauf hinauswillst«, unterbrach sie ihn heftig. »Ich habe dir bei einer Anzahl von Coups geholfen, aber glücklicherweise hatten die nichts mit Liebe zu tun. Wenn du jetzt von mir verlangst, daß ich die Aufmerksamkeiten dieses jungen Mannes entgegennehmen und vielleicht gar meinen Kopf an seine Schulter lehnen soll, damit er mich schließlich umarmt und küßt, dann hat das nichts mehr mit unserer Abmachung zu tun.«

Lucia war wirklich ziemlich schwierig geworden. Sie war auch vorher schon nicht leicht zu behandeln gewesen, aber nun war sie so unnachgiebig und so wenig entgegenkommend, daß sie ihn unwillkürlich an seine frühere Partnerin erinnerte. Und dabei hatte er gerade jetzt einen Mann gefunden, dem er spielend leicht das Geld abnehmen konnte! Zwölftausend Pfund hatte Murdoch zur Verfügung, für die er landwirtschaftliche Maschinen in London einkaufen sollte.

»Wir wollen nicht miteinander streiten«, sagte er schließlich. »Setz deinen Hut auf, wir gehen jetzt aus.«

Auf dem Weg zum Restaurant ›Imperial‹ war Lucia nachdenklich und zerstreut. Sie beschäftigte sich in Gedanken mit dem Herrn im dunkelblauen Anzug und überlegte, was er wohl von ihr denken würde, wenn er wüßte . . .

Mr. John Thirtley war zu klug, um ihr seinen Ärger zu zeigen, aber er fühlte sich nicht sehr behaglich.

Andrew Murdoch wartete in der mit Marmorplatten ausgelegten Halle des ›Imperial‹ auf die beiden. Er war groß und schlank. Seine ernsten, melancholischen Augen leuchteten auf, als er Lucia auf sich zukommen sah. Mr. Thirtley schenkte er zunächst keine Beachtung.

»Ich möchte Ihnen etwas außerordentlich Seltsames erzählen«, begann er.

Wenn er lachte, sah er geradezu hübsch aus. Lucia hoffte, daß er um ihres inneren Friedens willen ernst und unzugänglich bleiben möchte.

»Ich freue mich, wenn Sie mir etwas Interessantes erzählen wollen, aber vor allem habe ich einen unheimlichen Hunger«, erwiderte sie.

Sie traten in den Speisesaal ein. Der Tisch, den Mr. Thirtley hatte reservieren lassen, stand in einer Fensternische, abseits von den anderen Gästen.

»So, und nun erzählen Sie mir Ihre seltsame Geschichte«, sagte sie und lächelte ihn an.

»Mir ist etwas Merkwürdiges passiert. Als ich aus dem Klub herauskam, trat ein Herr auf mich zu. Allem Anschein nach war es ein Kriminalbeamter.«

»Wie?« Mr. Thirtley blinzelte und wurde aufmerksam.

»Ich habe keine Ahnung, woher er Näheres über mich wußte, aber was er sagte, interessierte mich.«

»Was wollte er von Ihnen?«

»Er warnte mich. Er sagte, daß man einen bestimmten Mann hier in der Stadt erwarte. Wie war doch gleich sein Name? Er soll ein Erzbetrüger und Falschspieler sein . . .«

Mr. Thirtley hätte ein Dutzend Namen nennen können, die ihm auf der Zunge lagen.

»Crewe Wall – sehen Sie, so heißt er«, sagte Murdoch plötzlich. »Die Polizei hält Ausschau nach ihm. Man sagte mir, daß er Geld aus dem Rinnstein zaubern könne – wenigstens hat der Kriminalbeamte sich so ausgedrückt.«

Mr. Thirtley hatte dasselbe Urteil über Crewe Wall. Nachdenklich rieb er sich die Nase. Er selbst war ja, ohne es gewollt zu haben, für Crewes Verurteilung verantwortlich. Im geheimen

161

freute er sich aber, daß die Polizei Murdoch nicht auch vor ihm selbst gewarnt hatte.

»Von dem Kerl habe ich noch nichts gehört.«

Nach Tisch fuhr Mr. Thirtley mit seiner Nichte im Auto zu seiner Wohnung in der St. James Street.

»Ich habe ihn zum Abendessen eingeladen, aber ich habe den Eindruck, daß er nur deiner schönen Augen wegen annahm.«

Thirtley war in bester Stimmung, obwohl er nach der Unterhaltung während des Mittagessens keinen Grund mehr dazu hatte.

»Was hat das übrigens zu bedeuten, daß er achthundert Pfund von dir gewonnen hat?« fragte sie.

Thirtley lächelte wohlwollend. »Gestern habe ich gewonnen. Wenn man das abzieht, hat er alles in allem nur dreißig Pfund gewonnen. Es stimmt allerdings, daß er mir achthundert Pfund abgenommen hat. Er ist eben der beste Spieler von Sydney. Ich habe dir doch schon erzählt, daß er im Auftrag der ›Australian Trading Company‹ nach London gekommen ist. Ich war erstaunt, als ich hörte, daß dieser junge Mann zwölftausend Pfund für seinen Konzern ausgeben darf. Er kann Schecks bis zu dieser Höhe unterzeichnen und braucht nur noch die Unterschrift des Direktors der Londoner Filiale dazu. Aber ich weiß, daß sein Vater steinreich ist; der hat ihm auch diese Stellung verschafft –«

Sie machte eine ungeduldige Handbewegung. »Warum erzählst du mir das alles immer wieder? Du hast es doch nur auf die zwölftausend Pfund abgesehen und legst ihn beim Spiel herein. Er gibt dir einen Scheck und macht die Unterschrift des Londoner Direktors mehr oder weniger geschickt nach. Du bekommst das Geld, und nachher ist alles in bester Ordnung.«

Sie sprach ohne jede Erregung und so monoton, als ob sie etwas auswendig Gelerntes hersagte. »Und wenn er nachher die Unterschrift des Direktors auf dem Scheck nicht fälschen will, dann soll ich in Tränen ausbrechen und ihm gestehen, daß wir ruiniert sind, wenn er es nicht tut. Die Sache ist doch einfach kindisch.«

Sie hob die Hand, um seine ärgerlichen Worte abzuwehren.

»Du sagst immer, daß du das am besten beurteilen kannst«,

fuhr sie unbeirrt fort. »Dreihundertfünfundsechzigmal im Jahr erklärst du mir das. Aber du kannst dich auf den Kopf stellen, ich mache nicht mehr mit. Ich heule dem Mann nicht auf Kommando etwas vor!«

Er kniff die Augenlider zusammen und schaute sie böse an. »Ich kann dich nicht ganz verstehen, Lucia«, erwiderte er langsam. »Es ist ja möglich, daß ich ein wenig schwerfällig geworden bin.«

»Ich will nicht mehr mitspielen – auf keinen Fall!«

Er wurde dunkelrot im Gesicht, und sie glaubte schon, daß er jetzt sehr ausfallend und zornig werden würde. Aber zu ihrem größten Erstaunen lachte er nur laut auf.

»Ich bin wirklich überrascht, Lucia. Bisher hast du mir doch immer geholfen –«, begann er.

»Ich bin fertig mit dir und deinen Methoden«, entgegnete sie wütend. »Hast du das immer noch nicht verstanden? Ich will nicht mehr mitspielen, ich hasse diese Art zu leben. Früher ist mir nie zum Bewußtsein gekommen, wie verabscheuungswürdig ein solches Dasein ist, aber jetzt –« Sie brach ab.

»Nun?« fragte er vielsagend.

Sie zuckte die Schultern. »– aber jetzt habe ich eingesehen, wohin die Sache führt. Ich denke, das sollte dir als Erklärung genügen.«

Er lächelte geheimnisvoll. »Mein liebes Täubchen«, erwiderte er freundlich, »du hast mich an die fünfzigtausend Pfund erinnert, die wir beide auf der Bank haben. Dein Anteil daran beträgt fünfundzwanzig Prozent. Ich wüßte nicht, warum wir nicht auch noch diese zwölftausend einkassieren sollten. Das macht dann zusammen zweiundsechzigtausend. Du brauchst ja weiter nichts zu tun, als ihn liebenswürdig zu behandeln.«

»Laß mich aus dem Spiel; den Coup kannst du allein durchführen. Ich mache jetzt einen Spaziergang. Hier ist es mir zu –«

»Eng, willst du sagen«, unterbrach er sie ironisch. »Meine liebe Lucia, es ist sicher notwendig, daß du nicht mehr so viele Bücher aus der Leihbibliothek liest. Du wirst sonst noch ganz sentimental.«

Sie mußte ins Freie, sie hielt es im Haus nicht mehr aus. Mit hastigen Schritten ging sie durch den Park; ihre Gedanken wirbelten durcheinander, ihr Inneres war in wildem Aufruhr. Sie war mit sich selbst und mit der Welt zerfallen, sie haßte alles und alle: die Leute, die durch die Frühlingssonne in den Park gelockt worden waren, die prächtigen Häuser, die die Gartenanlagen umsäumten, die Menschen, die so viel Geld hatten, sich solche Häuser zu leisten. Aber am meisten verabscheute sie sich selbst. Sie hoffte, daß sie dem Herrn im dunkelblauen Anzug nicht begegnen würde, aber trotzdem hielt sie nach ihm Ausschau, und ihr Herz schlug schneller, als sie ihn unter einem Baum sitzen sah. Wieder hatte er seinen üblichen Platz inne, und sein Hund sprang an ihm hinauf.

Er erhob sich sofort, als er sie bemerkte, und stellte einen zweiten Stuhl neben den seinen. Dann wartete er, bis sie Platz genommen hatte, bevor er sich wieder niederließ.

»Sind Sie eigentlich rückhaltlos ehrlich?« fragte sie ihn unvermittelt. »Die meisten Männer sind es nicht, wie ich weiß. Oder sind Sie auch nur so ehrlich wie alle anderen?«

Diese Frage überraschte den merkwürdig unerschütterlichen Mann in keiner Weise.

»Ich bin rückhaltlos ehrlich«, erwiderte er ruhig und fest.

Sie nickte grimmig. »Dann hassen Sie also Diebe, Betrüger und Verbrecher, die nur davon leben, daß sie anderen Leuten das Geld abnehmen?«

Er überlegte sich diese Frage lange.

»Ich liebe sie natürlich nicht«, entgegnete er schließlich. »Aber es kommt auf die Umstände an.«

»Um Himmels willen, seien Sie doch nicht so vorsichtig mit Ihren Antworten!«

Ihr Ton klang hart und herausfordernd, aber er fühlte sich dadurch nicht gekränkt.

Nichts von alledem, was sie ihm nun hemmungslos sagte, hatte sie sich vorher überlegt, aber sie mußte es sich vom Herzen herunterreden.

»Ich habe Sie niemals nach Ihrem Namen gefragt, und Sie haben auch den meinen nicht wissen wollen. Ich hätte Sie auch gehaßt, wenn Sie so konventionell gewesen wären. Aber ich weiß, Sie sind nicht verheiratet und nicht reich, und ich fühle, daß Sie mich gern haben.«

Er antwortete nicht, aber sie sah an seinen Augen, daß das zutraf, was sie gesagt hatte, und als sie hörte, daß er leise seufzte, packte sie eine wilde Freude.

»Nehmen wir einmal an, ich wäre eine Diebin«, fuhr sie fort, »eine Helfershelferin von Dieben, erfahren in allen Verbrechen, und ich hätte alles mit offenen Augen getan. Wenn ich Ihnen nun sagte, daß ich alle möglichen unrechten Dinge getan habe, nur eines nicht, und wenn ich zu Ihnen käme und Ihnen beichtete, daß ich krank und müde von alledem bin und aus dem Sumpf entfliehen möchte . . .? Wirklich, ich habe den Wunsch, ein ordentliches Leben zu führen wie alle anderen ehrlichen Leute. Wollen Sie mich zu sich nehmen, wenn ich zu Ihnen komme? Ich meine, wollen Sie mich heiraten? Ich würde Ihnen den Haushalt führen, ganz allein, ohne Dienstboten, und ich würde jede Arbeit für Sie tun . . .«

Lucia hatte mit heiserer Stimme gesprochen. Als sie innehielt, um Atem zu schöpfen, sah sie ihn mit großen, furchtsamen Augen an.

»Ja«, sagte er und nickte zweimal, »wenn Sie bereit sind, mein Leben mit mir zu teilen, das nicht so glänzend ist, wie es das Ihre bisher war. Auch ich komme übrigens mit der häßlichen Seite des Lebens in Berührung. Damit will ich nicht sagen, daß ich selbst ein Dieb bin, aber auch Sie müssen mir verschiedenes nachsehen und verzeihen können.«

Er machte den Versuch, vollkommen ruhig zu erscheinen, aber als er seine Pfeife neu füllte, zitterte seine Hand. Lucia liebte ihn dafür um so mehr.

»Wann können wir uns im einzelnen darüber aussprechen?« fragte er.

Sie war aufgestanden und atmete schwer, als ob sie eine Meile gelaufen wäre.

»Wir wollen uns hier wiedertreffen.« Sie zeigte auf den Stuhl. »Morgen mittag um eins wollen wir hierherkommen und alles besprechen.«

Er nickte. Es war ein kurzes, freundliches Abschiednehmen. Er machte nicht den Versuch, ihre Hand zu fassen und ihr seine Liebe zu beteuern, wie es andere Männer wahrscheinlich gemacht haben würden. Aber als sie ging, sah er ihr nach, bis er sie nicht mehr erkennen konnte. Und das hatte er früher nie getan.

In gehobener Stimmung kam Lucia in die Wohnung zurück. Mr. Thirtley hörte, daß sie im Bad sang, und grinste.

Also weiter nichts als Weiberlaunen, sagte er zu sich selbst.

Er kleidete sich stets festlich zum Abendessen an, selbst wenn er mit seiner Nichte allein speiste. Man konnte niemals wissen, ob nicht doch noch Besuch kommen würde, und es machte immer einen günstigen Eindruck.

Mr. Thirtley sah, daß Lucias Augen leuchteten, und er hörte ihre Freude aus dem Klang ihrer Stimme.

»In deinem ganzen Leben hast du noch nie so hübsch ausgesehen wie heute«, meinte er wohlwollend. »Glänzend, Lucia! Und du wirst doch heute abend sicher auch vernünftig sein?«

Er klopfte ihr väterlich auf die Schulter.

»Selbstverständlich bin ich vernünftig«, erwiderte sie etwas spöttisch und ahmte seine Stimme nach.

Im selben Augenblick klingelte es an der Wohnungstür, und gleich darauf führte das Mädchen Mr. Andrew Murdoch herein. Lucia erkannte sofort, daß er ihr gegenüber nicht mehr so liebenswürdig und zuvorkommend war; sie hatte aber den Eindruck, daß er seine Erregung bezwang.

Zunächst sprach er von dem Direktor seiner Gesellschaft in London, der sich zur Zeit in Paris aufhielt, wie sie wußten. Dann erzählte er ein wenig über sich, aber er wandte sich immer an John Thirtley und vernachlässigte Lucia fast vollständig.

Nach dem Abendessen stellte der Hausherr den Kartentisch auf und legte zwei neue Spiele Karten auf das grüne Tuch.

»Es ist zwar nicht sehr moralisch, aber ich habe das Gefühl, daß Sie Ihre Glückssträhne ausnützen wollen.«

Die Bereitwilligkeit, die Mr. Murdoch zeigte, bestätigte Mr. Thirtley in seiner Annahme.

Lucia lehnte am Eßtisch und schaute den jungen Mann fest an, aber er sah nicht zu ihr auf.

»Setz dich doch hin«, sagte Thirtley schließlich gereizt. »Du fällst mir heute abend dauernd auf die Nerven.«

Sie folgte seiner Aufforderung ohne ein weiteres Wort. Ihr Onkel war ein solcher Meister, daß es sich lohnte, ihm zuzuschauen. Kaum ein anderer Falschspieler konnte ein Spiel Karten derartig schnell nach einem vorherbestimmten Plan mischen wie er. Beim Mischen hielt er die Karten noch in der Hand, aber noch bevor er sie auf den Tisch legte, hatte er mit unvergleichlicher Geschicklichkeit ein anderes Spiel dafür untergeschoben. Selbst Lucia, die ihn seit Jahren beobachtete, hatte niemals erfahren, wie er das anstellte. Sie ahnte nicht, aus welchen Taschen oder sonstigen Verstecken er die anderen Karten herausholte.

Als zwei Stunden vergangen waren, runzelte Mr. Murdoch die Stirn. Sein Verlust war größer und größer geworden. Die Uhr schlug halb elf; die Luft in dem Zimmer war dick von Zigarrenqualm. Mr. Thirtley ging zum Fenster, um es zu öffnen. Als er zurückkam, hatte sich sein Gast an den Eßtisch gesetzt und den Kopf in beide Hände gestützt.

»Sie haben unheimliches Glück gehabt«, sagte er.

Thirtley lächelte triumphierend, aber Murdoch sah es nicht.

»Siebentausenddreihundert Pfund haben Sie verloren . . . Ich wünschte nur, ich hätte Sie nicht zum Spielen aufgefordert.«

Murdoch tat plötzlich etwas Merkwürdiges. Er steckte die Hand in die Westentasche und nahm einen Schein heraus. Als er ihn entfaltete, sah Thirtley verwundert, daß es eine Tausendpfundnote war.

»Können Sie mir herausgeben?« fragte der Gast. »Ich möchte Ihnen wenigstens fünfhundert Pfund anzahlen.«

Der Hausherr zögerte. »Ich kann ihn wechseln, wenn Sie wollen. Aber das hat doch alles bis morgen Zeit.«

Murdoch schüttelte ernst den Kopf. »Nein, ich will Ihnen eine Anzahlung machen.«

Thirtley nahm den Schein und prüfte ihn mit Kennerblick. Tausendpfundnoten waren sehr selten, aber diese war echt.

Er ging hinaus und schloß die Tür. Im nächsten Augenblick trat Lucia an die Seite des jungen Mannes, packte ihn an der Schulter und rüttelte ihn.

»Sie werden doch nicht diese Spielschuld bezahlen wollen –«

»Seien Sie ruhig!«

Sie starrte Murdoch verblüfft an, als ob sie ihren Ohren nicht trauen könnte. Seine traurige, melancholische Haltung war vollkommen verschwunden, und seine Augen glühten gefährlich, so daß sie unwillkürlich vor ihm zurückschrak.

»Sie bleiben, wo Sie sind. Und lassen Sie es sich ja nicht einfallen, zu schreien oder um Hilfe zu rufen. Sollten Sie es doch tun, so komme ich zurück, und dann ist es um Ihr schönes Gesicht geschehen. Verstanden?«

In der nächsten Sekunde hatte er das Zimmer verlassen.

Lucia saß wie versteinert am Tisch; Staunen und Furcht erfüllten sie. Sie hörte, wie die beiden miteinander sprachen. Nach einer Weile wurde die Tür heftig aufgestoßen, und Murdoch schob Thirtley unsanft herein. Dessen Gesicht war aschgrau.

Murdoch hielt in der einen Hand eine schwarze Kassette, in der anderen einen Browning.

»Sie wissen jetzt, wer ich bin: Crewe Wall! Lange genug habe ich darauf gewartet, mit Ihnen abzurechnen, mein Junge. Halten Sie den Mund, ich weiß alles! Als Sie Bo der Polizei verrieten, haben Sie gleichzeitig auch mich verpfiffen. Ich mußte nur erst herausbringen, ob Sie Ihr Geld auf der Bank oder hier im Haus aufbewahrten.« Er schüttelte die schwarze Kassette. »Das kommt davon, wenn man andere Leute verpfeift – Sie und die hübsche Dame dort können jetzt von vorn anfangen. Aber mit mir werden Sie keine Geschäfte mehr machen. Haben Sie das verstanden?«

Die Tür, die er zugeschlagen hatte, als er hereingekommen war, öffnete sich langsam wieder. Lucia sah es, dachte aber, die Zugluft hätte sie aufgestoßen. Plötzlich bemerkte sie jedoch einen Mann in der Tür.

»Kommen Sie ruhig mit. Oder muß es erst Spektakel geben?« fragte er. »Crewe, lassen Sie den Browning fallen! Ich verhafte Sie, Crewe, und auch Sie, Thirtley.«

Der Mann in der Tür war niemand anders als der Herr im dunkelblauen Anzug. Er sprach sehr ernst und eindringlich. Hinter ihm entdeckte Lucia mehrere Beamte in Zivil.

Der Herr im blauen Anzug steckte Crewes Browning in die Tasche und trat dann zur Seite. Zwei Beamte kamen herein und führten Thirtley und Murdoch ab.

Ihr Vorgesetzter blieb mit Lucia allein.

»Mein Name ist Larry Goldwin – den Ihren kenne ich. Aber es wäre vielleicht ganz gut, wenn Sie mir Ihr Geburtsdatum sowie die Namen Ihrer Eltern aufschrieben. Es tut mir aufrichtig leid, daß ich Sie damit belästigen muß.«

Zitternd folgte sie seiner Aufforderung.

»Standesbeamte wollen solche Dinge leider wissen«, sagte er zu seiner Entschuldigung. »Also – um ein Uhr unter dem Baum im Hyde Park.«

Sie nickte stumm.

»Ich hoffe, daß Sie sich allmählich an den Hund gewöhnen, und glaube sogar, daß Sie ihn mit der Zeit gern haben werden – Joe ist wirklich ein netter Kerl . . .«

INHALT

Die Abenteuerin 5

Der betrogene Betrüger 120

Die Privatsekretärin 140

Der Herr im dunkelblauen Anzug 156

MINETTE WALTERS

Die Bildhauerin
Roman 5272

Olive Martin hat zugegeben, ihre Mutter und ihre Schwester grausam ermordet zu haben. Die Beschäftigung mit Knetpuppen, in die sie Nadeln sticht, hat der jungen Frau im Gefängnis den Namen *Die Bildhauerin* eingetragen. Als die Journalistin Rosalind Leigh beginnt, die Hintergründe des Falles auszuleuchten, erkennt sie jedoch schnell, daß es noch eine tiefere Wahrheit gibt...

»Ein psychologisches Meisterwerk, vibrierend vor Intensität.«
Bunte

Die ungekrönte Königin der britischen Kriminalliteratur –
exklusiv bei Goldmann

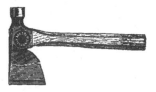

Außerdem erschienen:
Im Eishaus (5962) • Das Echo (44554) • Dunkle Kammern (44250)
Schandmaske (43973)

GOLDMANN

RUTH RENDELL

Das Phantom in Rot
Roman 5278

Von nah und fern pilgern die jungen Leute zum Popfestival, auf dem der große Star Zeno Vedast auftreten soll. Auch Inspector Wexford steht in der Menge und beobachtet das Spektakel. Doch dann setzt ein grausiger Fund dem Konzert ein abruptes Ende: Eine Leiche liegt im nahe gelegenen Steinbruch...

Ruth Rendell ist die unbestrittene *Queen of Crime*.

Außerdem erschienen:
Das geheime Haus des Todes (5927) • Der Liebe böser Engel (5994) •
Die Tote im falschen Grab (5269) • Die Werbung (5853) • Mord ist ein
schweres Erbe (5961) • Stirb glücklich (5843) • Die Brautjungfer
(41240) •Der Mord am Polterabend (42581) • Eine entwaffnende Frau
(42805) • Lizzies Liebhaber (43308) • Schuld verjährt nicht (43482)
Der Kuß der Schlange (43717) • Mord ist des Rätsels Lösung (43718)
Die Verblendeten (43812) • Alles Liebe vom Tod (43813)
Der Tod fällt aus dem Rahmen (43814) • Flucht ist kein Entkommen
(43815) • Die Besucherin (43962) •Urteil in Stein (44225)
Die Herzensgabe (44363) • Der Herr des Moors (44566)
Leben mit doppeltem Boden (44590)

GOLDMANN

MIGNON G. EBERHART

Die Treppe im Dunkeln
Roman 5263

Mit der friedlichen Routine im Melady Memorial Krankenhaus ist es erst einmal vorbei, als ein illustrer Patient eingeliefert wird. Es ist der todkranke Peter Melady, der Gründer der Klinik. Doch bereits in der ersten Nacht wird Meladys Arzt tot im Fahrstuhl aufgefunden – mit einem Amputationsmesser in der Brust. Und der Patient ist spurlos verschwunden...

»Dieser Roman ist eine Perle unter lauter Kieselsteinen.«
Boston Globe

Außerdem erschienen:
Der Patient auf Zimmer 18 (5987) • Während der Kranke schlief (120)

GOLDMANN

ANDREW TAYLOR

Erste Krokusse
Roman 5989

Nach der kältesten Nacht des Jahres findet man Mervyn Carrick erhängt in den Zweigen einer alten Eiche. Der Neuschnee hat alle Spuren bedeckt, und es gibt keinen Hinweis auf Täter oder Motiv. Während Inspector Thornhill versucht, Näheres herauszufinden, steckt auch Jill Frances, immer auf der Suche nach einer guten Geschichte für die Lydmouth Gazette, ihre Nase in den Fall...

»Ein exzellenter Autor!« *The Times*

GOLDMANN

MARTHA GRIMES

Fremde Federn
Roman 5270

Eigentlich wollte Superintendent Jury von Scotland Yard einmal Urlaub machen. Doch dann soll er einer alten Freundin zuliebe den Tod Philip Calverts, eines Mitarbeiters der weltberühmten Barnes-Stiftung, aufklären. Noch ahnt Jury nicht, daß Calverts Tod nur ein Glied in einer ganzen Kette von mysteriösen Gewaltverbrechen ist.

»Agatha Christie hat eine würdige Erbin.« *Stern*

Außerdem erschienen:
Das Hotel am See (5285) • Freier Eintritt (43307)
Blinder Eifer (43761) • Gewagtes Spiel (44385)
Wenn die Mausefalle schließt/Der Zug fährt ab (43946)

GOLDMANN

CAROLINE GRAHAM

Ein böses Ende
Roman 5983

Man hat ja in dem kleinen englischen Ort Compton Dando schon einiges gesehen, aber Leute, die mit Geistern Verbindung aufnehmen und mit fernen Planeten in Kontakt stehen, sind hier neu. Die schlimmsten Vermutungen der Dorfgemeinschaft bestätigen sich, als es in dieser dubiosen Gemeinschaft zu zwei rätselhaften Todesfällen kommt...

Krimis in bester englischer Tradition: witzig, charmant, mit feiner Ironie und einem scharfen Blick für die menschliche Psyche

Außerdem erschienen:
Eine kleine Nachtmusik (5976) • Treu bis in den Tod (44384)
Blutige Anfänger (44261)

GOLDMANN